子曰：「吾十有五而志於學，三十而立，四十而不惑，五十而知天命，六十而耳順，七十而從心所欲，不踰矩。」

「家庭。」

MEDICINE
BEATLES
SEXY
C.H.

這不是狂想，因為我們是真實的生活著。

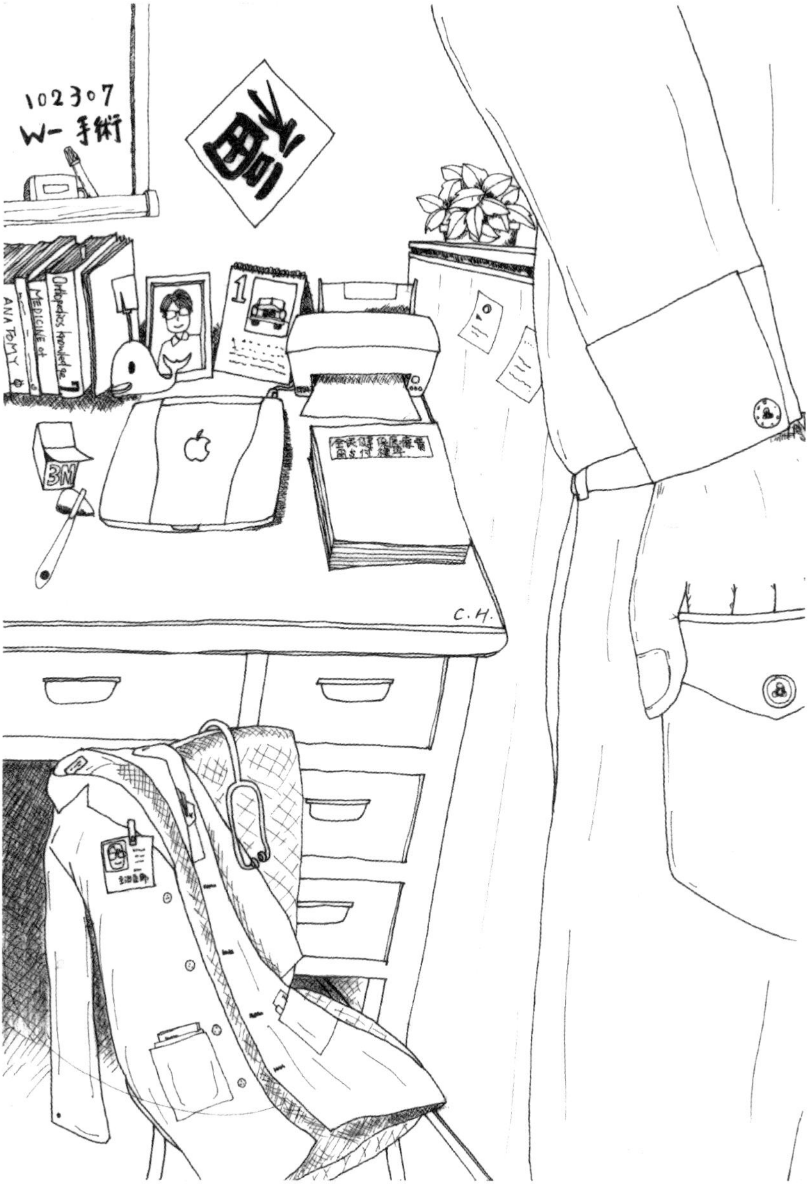
102307
W一 手術
ANATOMY
MEDICINE of
Orthopedics knowledge
3M
C.H.

「生活。」

綠園道，台中。

C.H

「夢想。」

七期，
中台灣的曼哈頓。

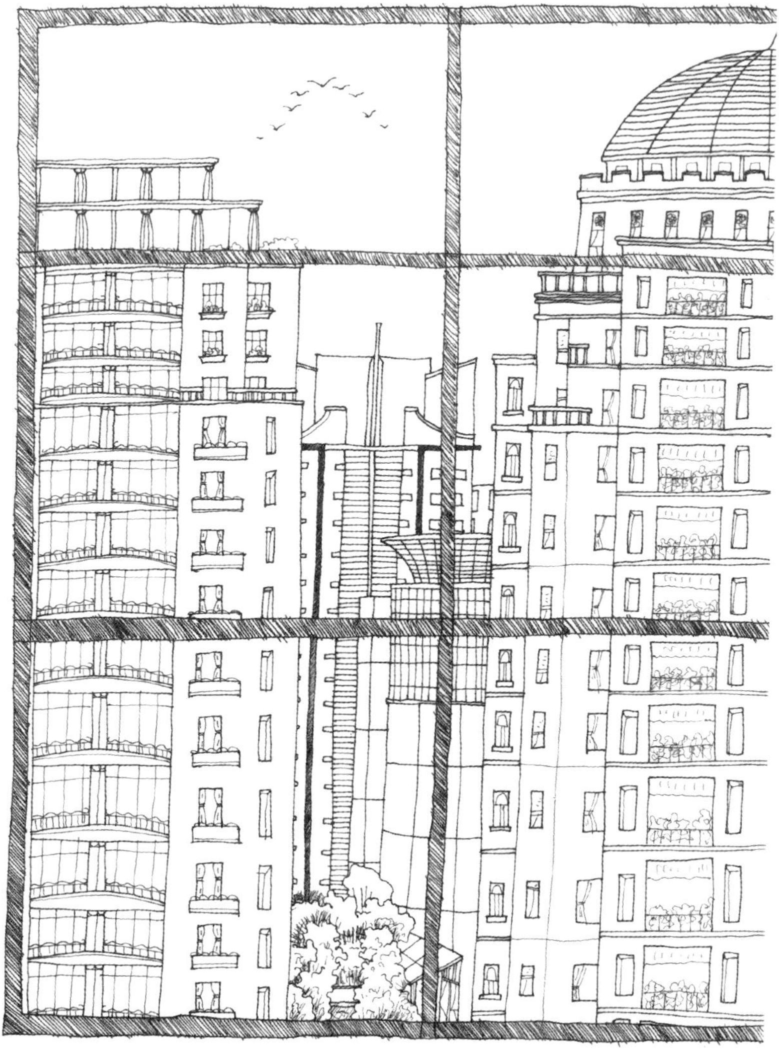

C.H.

「鐵人二十八號。」

先生酒界名人也，但不便露其姓字。
因身形如鐵人二十八號，因以為號焉。

有你，人生是彩色的。

C.H.

「這世界是為四十歲的男人而存在的！」

二〇〇九年五月，

北京金融街，Ritz-Carlton酒店。

我泡在浴缸裡……

和紫禁城的黃色琉璃瓦一樣燦爛狂妄。

C.H.

男人四十

兩把刀◎圖文

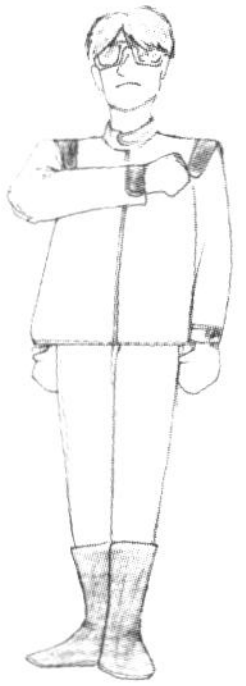

晨星出版

謹獻給

台北 Michael 哥（醫師）
鐵人二十八號（補教業）
孤單米老鼠（醫師）
電子業通靈副總（電子業）
輪子上的大象（重機業）
……

以及我們未來的黃金十年

推薦序一。

本書作者兩把刀，台大醫學系高分畢業後，旋即投入外科醫師行列，從事手術刀的工作，工作閒暇之餘也走進廚房拿起菜刀做菜，故筆名「兩把刀」。如今又抓起筆刀，把醫師生活的點點滴滴眞實呈現給讀者，堪稱「三把刀」或「多把刀」。

我曾請教他爲何要寫書，他回答說「醫生歹做」，透露出醫生們的幾分辛酸，也和一般人對醫生這個行業的認知，有些差距。作者筆鋒犀利，用字遣詞詼諧流暢，鮮活地描繪四十歲男人的身體、工作、生活、夢想、嗜好、婚姻等，拜讀之餘，不覺令人會心一笑，也發人深省。

四十歲男人，有點錢、有點閒、有點癢，有點地位但不一定很高，有點老但不服老，因爲他們和各年齡層息息相關，因此，讀者閱讀本書後更能瞭解如何與四十幾歲的爸爸、叔叔、伯伯或老公等良性互動。

男人四十歲並不可怕，可怕的是四十而一事無成，無法實現兒時的夢想，因爲「長大，是爲了實現小時候的夢想」，人因夢想而偉大，所以要騎重型機車。

四十歲是一個矛盾年紀的開始。男人四十歲身體機能無可避免地退化，由於逞強心理，又很不情願接受這個事實，這是一種中年危機。因此，有些人會急著完成台灣人三大願望：單車環島、泳渡日月潭、登玉山。

四十歲的男性中階主管，像三明治的中層，能決定三明治的美味，但對上只能忍氣吞聲，對下又很難全盤掌控，眞是上有鍋蓋、下有鐵板，只好實幹肯幹。

四十歲一樣可以學音樂，遲來的音樂課更能怡情養性，找回年輕的自己，工作之餘，娛人更自娛，與音樂共舞，與同好同樂，不再半途而廢，更加珍惜。

本書用字新穎、不陷八股且生動活潑，頗能挑起讀者的閱讀興趣。從一個醫師的角度看四十歲的男人，筆觸輕鬆圓潤；然而不失其深度與廣大的見解。初讀此書，字字句句令人莞爾；再讀此書，充滿哲學之思維，湧上心頭，讓人不禁靜默沉思，也許這就是作者獨樹一格探討問題的方式，眞是一本不可多得的好書。深信本書能讓讀者受益良多，故爲之作序。

台中市醫師音樂協會理事長　丁鴻志博士

二〇一一年五月八日母親節

推薦序二。

我認識本書的作者已逾十年，初次見面是在一個國際骨科醫學會的場合。當時印象中的他在演講台上，口條清楚，辯才無礙，永遠帶著自信的微笑，而且更讓我深爲「震撼」的是，他的手術解剖圖畫得比國外進口的教科書還要精準細膩（老實說，這種憑自己的繪圖功力與手術經驗所描繪出來的手術解剖圖譜，是我每年在國內外參加過數百場以上的醫學會所從未見過的）。當時我心想，這是一個充滿了智慧與藝術細胞的年輕骨科大夫，他日必有大成就！由於我們在台灣當骨科醫師，常常忙碌到瀕臨爆肝程度，所以我與作者只能在每年五到六次的常規醫學會中碰面，討論困難病例，探索當今世上尖端骨科醫學的潮流，然後在學術會後的晚宴話家常。令人驚訝的是，在這時我又發現他悠然自在地在晚宴的舞台上表演長笛吹奏與大提琴獨奏，讓我更進一步的體會到他是一個兼具生活藝術家氣質的優秀醫師。

在二〇一〇年底，有幸與作者再度於醫學會上切磋討論，他當時告訴我很多他對一些社會現象的獨特解讀，與他生涯計畫裡的「騎重機車」與「騎腳踏車環島」難得經驗！我當時就鼓勵他，把他一些對四十歲男人的見解與生活上，醫學上的經驗寫成一本書，也可藉此把他精采的體驗與讀者分享。果不其然，作者充分發揮其洋溢才華，振筆疾書，於短短數月內就完成這一本充滿了趣味幽默、勵志警世、文化素養、藝術情感，與醫院百態、人情冷暖的書。作者兩把刀在文章中描寫年輕醫者的心境，絲絲入扣，而其針砭當今健保制度與一些醫學怪象的荒謬，令人讀來笑中帶著一股苦澀。尤其是在此現實社會中，只見當高官掌權位者對台灣健保制度近乎渲染似的歌功頌德之際，作者能冷靜，誠實而客觀地描述台灣醫界在健保制度下被無理壓榨的困境，實屬眞誠肺腑之言。而書中對於醫界後輩的一些建言，更比我看過的任何一篇醫學倫理文章都來得「誠懇」，來得「有人味」。在書的後半部，更以其生活藝術家的智慧，描述了一個醫者除了擁有救世濟人的情懷之外，更可以海闊天空的與現實生活巧妙的妥協、夢想、突破、與反省。

到現在，我仍然記得當接到初稿之際，正是晚上十點看完門診回到辦公室的時候，我就像個被珍奇寶藏所吸引的尋寶探險家，從文章的第一頁著迷似地看到結尾，大呼過癮，而此時不知不覺已是東方魚肚白！此書的用字遣詞饒富幽默，相信很多讀者可在賞讀之際，發出共鳴與會心的微笑，甚至醫界同仁亦不難在書中發現與自己醫療生活中那麼相似的故事場景。這本書是我願意誠心推薦的一本書，拜讀之餘，共鳴所感，謹爲之序；更期待作者能在他五十歲而知天命以前，有更多佳作與我們分享。

義大醫院院長

推薦序三。

新「夢的解析」給新「逐夢小子」

認識兩把刀多年，從青澀小子到獨當一面的主治醫師，不變的是依然風流倜儻，依然桀驁不馴。

當大多數醫師案牘勞形，鎮日穿梭於門診病房及開刀房；掙扎於醫院管理及健保局管控時。「玩音樂」、「玩車」這許多醫師心中的夢想，隨著年華逝去，逐漸變成痴夢加妄想，午夜夢迴，徒呼負負，只能怨「時不我與」，只能嘆「如果再年輕一次」，只能……

但作者做到了。隨著內容的鋪陳，我彷彿聽到了薩克斯風，聽到了大提琴，但其實是聽到了自己內心的吶喊。跟著章節的輪轉，我依稀騎上了哈雷，跨上了捷安特，但其實是期待著破繭而出、御風而行的暢快。

「有夢最好，恭喜他，有能力相挺。」
「有夢最好，羨慕他，有膽量相搏。」
「有夢最好，希望他，有朋友相陪。」

「有夢最好，期待他，有健康相隨。」
「有夢最好，祝福他，有家人相伴。」
他，活出了自己。

秀傳紀念醫院副院長 李佩淵
辛卯年四月

推薦序四。

四十歲的夢想

兩把刀和我是從國中就認識的好朋友，我們兩人求學和工作的經歷很相似，同讀衛道高中國中部，考上台中一中，大學重考一年，後來我考上中山醫學系，他考上台大醫科，我們也都從事骨科醫療專業。兩把刀，原本就是天資聰穎的人，多才多藝，會畫畫、會玩樂器……現在搖身一變，居然又成了一名作家。

我看完這本書之後，感觸頗多。同到了四十歲，從青年邁入中年，當我還天天過著大醫院每天忙碌的工作生活時，他已經開始思索中年的種種問題：中年的生理變化、心理變化、社會責任、生命意義，更重要的是他開始享受他的優雅品味、休閒生活。彷佛已經可以置諸繁重醫療工作之外，冷眼熱心地觀看著工作、家庭、社會、朋友，並且去探究這一切種種背後的深刻意義。

作者受過正統的醫學科學訓練，加上天資聰穎，他在書裡頭談論許多問題，嚴肅如健保、醫病關係、醫學環境，輕鬆如重型機車、腳踏車、音樂，調侃如男人、女人、酒店、夜店，都不是泛泛而論，膚淺談談，而是從一個長遠歷史的發展脈絡、社會需求系統和不同位置的人所採取的心態和想法，深入淺出地分析、說明、探討，他能把嚴肅的課題寫得淺顯易懂、老嫗能解；把輕鬆的課題寫的綿密深情；把調侃的課題又能寫的自由自在、正大光明。書中所談的人和事，大多是我們共同認識的朋友，讀來格外有趣，也格外親切。

我們都四十歲了，好像薪水不差，好像有一點地位。但他是絕頂聰明的人，自然不能只以此為滿足，因此在書中前比中、西方四十歲的偉人，後比當代臺灣卓然有成的後浪，活至四十歲，我猜想他也想有所作為，（不然當他面對臺灣紛亂的媒體怪象和不合理的健保制度，何以如此憤怒？）只是還缺少認識他的伯樂罷了（不然何以他說，好的人才到了最後不再只屬於家庭，而屬於公共財）。

我看這本書，還有一個深刻的感受。作者享受重機、音樂，大談男人、女人，會不會是出自一種退隱的心態，時不我與，眾人皆濁我獨清，只好獨樂樂。但他不是淺薄低俗地遊戲人間，而是高雅、帥勁、不奢貴，所以他在巷弄間尋找秘密基地，寫作；在山海之間的道路中，奔馳；在按放的長笛上，悠揚。

做為老友，很替作者能寫出這本書高興。他喜歡村上春樹，一定也知道魯迅，魯迅過去棄醫從文，就是想用文學來醫治當時候愚昧無知民眾的心理。兩把刀現在則不須如此，他能手持兩把刀，右手開刀，左手寫文章，他小試身手，就寫出這樣一本書，而我是多麼期待，以後他還能使出渾身解數、大展身手哩。

義大醫院骨科部脊椎科主任　楊士階醫師

前言。

挖！四十歲了！他們在搞什麼鬼啊？

前不見古人：

孫中山，一八六六年生。在經歷了一八九五廣州首役失敗，及一九〇〇年惠州之役失敗，於一九〇五年成立中國同盟會，時年四十歲。

蔣中正，一八八七年生。一九二六年誓師北伐，四十歲。

毛澤東，一八九三年生。一九三三年任中共中央政治局委員，時年四十。隔年，紅軍長征。

蔣渭水，一八九一年生。醫師，革命家。一九三一年病逝，享年四十。

杜聰明，一八九三年生。一九三七年成爲台北帝大醫學部教授，爲台灣人唯一。

王永慶，一九一七年生。一九五七年，四十歲，台塑建廠完成。

村上春樹，一九四九年生。三十九歲發表《挪威的森林》，銷售百萬冊。

Ole Scheeren, born in 1971 in Germany, a former partner with Rem Koolhaas in the Office for Metropolitan Architecture (OMA). A leading designer of CCTV and TVCC in Beijing.

後有一堆來者：

周杰倫：一九七九年生。知名歌手、創作者。不能約會的熱血男人！

蔡依林：一九八〇年生。知名歌手、舞者。爲醫界少見（演藝圈常見）成年後胸部還能突然發育的女性之一。

王力宏：一九七六年生。知名歌手，創作者。白淨面皮的偶像男星，受男女生歡迎。

蔣友柏：一九七六年生。二〇〇三年結婚，同年創立橙果設計公司。爲中年型男代表之一。

Lady GAGA：一九八六年生。本名Stefani Joanne Angelina Germanotta。爲著名女歌手，作曲家。簡單來說，爲二十一世紀的Madonna。

長江後浪推前浪，一代新人換舊人。

目錄。

PART 01. 四十歲，男人。

PART 02.

四十歲，男人，醫師。

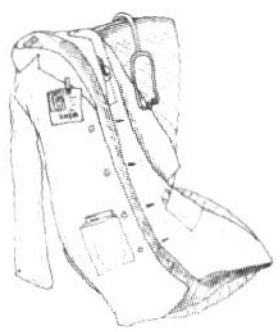

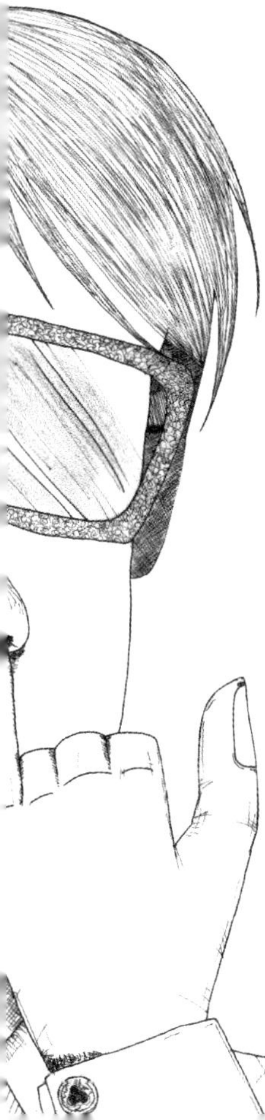

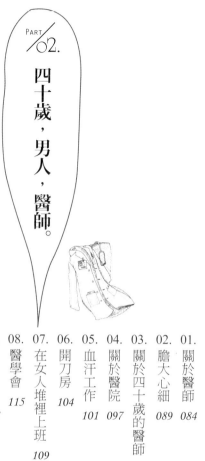

PART 03.

四十歲男性醫師的生活。

PART 04.

四十歲男性醫師的不務正業。

PART 05.

男人四十：當他人尚在自喜，你已閃耀。

PART 01.

四十歲，男人。

BEATLES
100./.
SEXY
in 2010
of Fracture

01 青春以上，退化未滿。

「生日的第二天……站在脫衣室牆上裝的人體等大的鏡子面前，試著仔細檢點自己的身體，畢竟這是往後半生的第一個早晨哪。他儼然像醫生在檢查一個新生兒的身體一般……首先是頭髮，其次臉的肌肉、牙齒、下顎、手、腹、腹側、陰莖、睪丸、大腿，腳……頭髮比二十幾歲時多少薄了一些……至於腹部加和減大約各六分和四分。幸而靠運動和有計畫的進食，腹部比三年前緊縮多了。以三十五來說算是上乘的……做愛次數當然不如以往多，然而到現在為止，還沒有過陽痿的經驗，和妻子之間也沒有什麼性的不滿。」

——村上春樹《旋轉木馬的終端》〈游泳池畔〉

、不同於青春期，像晨曦的影子伸長著腳悄悄來到。

四十歲的來臨，往往開始於伴侶的提醒：

「喂，你最近白頭髮怎麼這麼多。」

或緊張性的自覺：

「咦，最近，怎麼硬的次數好像……少了點，不會，有什麼問題吧……」

或是同事們用白色的惡意爲你慶生，有禮貌的蠟燭表現出眾所皆知的問號。

總之，它像女兒手上的氣球，來得這麼必然，這麼肯定。

爲什麼是四十歲？

就像村上春樹說的，如果這樣爭論下去，一定會迷失精確的人生轉折點。的確，數字是無辜的。只是人對整數的迷思，千年以來皆然。雖然上帝並不以「十」的時序來設計人，（幼兒期一到十歲，青春期十到二十歲……No！）但似乎DNA裡專門有一塊序列，像鬧鐘一樣正義的說：「喂，搞什麼鬼啊！」「『十』到了捏！有點感覺好不好！」

有點感覺？

你拉拉那幾根白色的頭髮，摸摸缺毛的那塊頭皮，肚子懷的那坨油，跟了二十幾年了甩也甩不掉，還好該硬的地方還是硬挺！

笑了，你想到公司新來的年輕美眉，聽她們說墾丁春浪好浪。可是那個白癡經理連海綿寶寶都看不懂，KTV唱廣島之戀就以為女生很癡迷，還要我們多發揮創意！

老婆不爽昨天又去喝酒，早上起床又是那張臭臉。

唉，什麼時候才能買那台賓士SL敞篷車，把到墾丁的比基尼小美眉，幹掉腦袋糊水泥的主管。

「哈哈哈哈哈……別人的失敗，就是我的快樂！」黑白郎君南宮恨，如是說。

四十歲，age of contradiction。

黑白郎君南宮恨：「別人的失敗，就是我的快樂！」

02 四十歲男人的身體。

事情常常是這樣開始的。

你知道自己有點過胖，有點肚腩。所以假日會去爬爬山，朋友固定星期四約打球兼Men's talk，只要有空一定去。也辦過健身中心的會員，但一開始興致勃勃，之後興趣及次數遞減，不划算。然而運動這種事，雖稱不上規律，但也持續在做。煙酒都有，量不定，也稱不上酗酒或煙癮。過去的例行體檢你都不太在意，因爲沒什麼大問題。

可是，這次你愣住了！

看著最近這次體檢結果，冒著紅字的血脂肪，膽固醇，血糖……你有點緊張，有點不解；你搔搔頭髮，指甲縫帶了根白頭髮下來。你開始反省自己，太胖嗎？還好，鐵人二十八號比我胖，比我喝得多，也沒見他說什麼不好。

沒什麼感覺啊！疲倦？誰不疲倦，做愛也沒遇到什麼勃起困難或早洩。當然，遇到恐龍誰不困難！

「請至門診持續追蹤。」

So sad, but true……

鐵人二十八號說：「有那麼嚴重嗎？」

電子業通靈副總說：「我這套軟體可以算出你各種活動的熱量！」

台北Michael哥說：「晚上約了空姐妹唱歌，來不來？」

事情常常是這麼令人摸不著頭緒！

卻像火山爆發一樣來得這麼必然。

就醫學的角度上來看，有些事的確是避免不了。避免不了的事，可以是醫學的，也可以是很哲學的。

以天擇的角度來看，人類幼年的病，非小即大。小病用來挑戰及刺激免疫系統的成熟，大病則以玉石俱焚之勢，挑戰個體的生存。而四十歲，是早已過了天擇這關，屬於生物學上可以生存的適者。這個階段好發的疾病較少，除非過度的不當使用，身體的機能是屬平靜存在的狀態。好像奧運金牌選手剛退休的那幾年，雖然不處於高峰狀態，卻也是自信滿滿。

然而，衰退會從四面八方暗示你，像武林高手過招後刻意迴避眾人眼光的喘息。

你發現白頭髮數目到了會被注意到的情況，睡眠不足後的萎靡時間拉長，運動的耐受力減低，喘息的時間增加，自發性的勃起變少，事後的不反應期變長變明顯；而酒喝多了就「不確定行不行」，更糟的是「愈想愈不行」，更更糟的是：「愈是擔心卻愈有機會證明不行」！

你仔細檢視生活：睡眠不可能增加，因爲台面上台面下事情都很多，只能事事要求效率。重視飲食內容，增加蔬果的比例，降低對油脂的誘惑。酒有時屈於氣氛，迴避困難，但藉由冰塊和反吐，可以技巧性的減量。要增加運動的次數，加強重力訓練和心肺功能，爲了展現決心，你報名爬玉山，環島，游日月潭……

雖然，成果有限，但精神明顯改善。

對於無法避免的機能衰退，生理上稱之爲退化。此時無法接受的心理狀態，稱之爲中年危機。

嘘！衰退會從四面八方暗示你。

03 四十歲男人在工作。

中階或低階主管，是你最常被貼上的標籤。

上層，是高高在上的主管，以及主管的主管。他們負責開會，卻決定你該做什麼事。下層是還搞不清楚狀況的小毛頭。東張西望，問東問西。至於好不容易已搞清楚狀況和了解環境的小毛頭呢？

「因了解而分離！」早受不了瑣碎繁雜的工作而離職了。

基本上，你就是屬於三明治中間的那一層。

但是，別忘了，你也是決定三明治美不美味的那一層。

有人出書說：笨蛋，問題出在四年級（土雞伯著，商周出版社）；

也有媒體動不動就說：是因爲禁不起考驗的草莓族。

而處在這中間的我們（五零末六零初），既要小心呵護草莓，陪他們抱怨環境的不滿（無奈是，環境不是我們決定的），減少他們的Ego（眞的，新世代的年輕人是帶著很強的Ego長大的），引導他們了解你的想法（這世界並不是「我覺得這樣也可以」就可以），幫助你完成事情，還要處處提防他們「中道崩殂」，小心他們連續三天請病假。（眞的，三天後媽媽會來幫他／她辦離職！更氣人的是，其實那三天他／她居然是因爲失戀在墾丁散心！）

不過說眞的，有些工作，也是因爲年輕人搞不清楚狀況，才有辦法傻傻地做下去。所以拉馬車的馬都要被矇住眼睛，才受指揮。至於耳聰目明的千里馬，只好耐心地等待伯樂。

伯樂在哪？

伯樂不在，但自認爲是伯樂的人很多！

不對，是自認爲是千里馬的人更多。

自我感覺良好，很貼切。

「你知道誰最要求工作要做好嗎？」我問。

鐵人二十八號搖搖頭說：「不解！」

「不用工作的人！」

每次開完會，主管會帶著一股氣回到辦公室。

說業績不好我們能怎樣，不是很努力了！還要求擬訂並達成各種指標。

我在一旁點頭如搗蒜。

旁邊比我資深快十年的同事，此時很客氣地跟主管說他有事先離開。

（奇怪，主管很爽快的揮揮手說好。）

之後主管很親切的和我討論起開會交辦的事項！

（咦，怎麼一切發生的這麼自然……其他人呢？）

「關於這幾點，X長也沒說是什麼意思，你先和助理討論看看怎麼擬，反正就是要有個成果，重點是數字不能太難看！就先這樣了。」

主管維持一貫的親切，出門的時候順手把門給帶上。

我和助理面面相望。

你可以想見，剛剛的會議，當主管的主管帶著嚴肅的神情，最後問著：「對於以上的事情，有沒有問題？」

各單位主管一律靜默，彷彿都讚嘆著國王的美麗新衣。而上次開會有意見的那個人，前一陣子剛離職。

我曾經和主管的主管聊過天。

「你要以我的高度來看事情！」

他拿起我面前的茶杯，倒滿清香的新茶，親切地對我說。

「可是工作繁重，待遇剋扣，單位留不住人，業務很難順利推展！」（這是事實，和高度沒關吧！）

「這我了解！」他說。（了解不等於解決啊！）

「助理單單爲了應付無窮盡的開會，整天都在做PowerPoint！下班都晚上七、八點了！」（誰無家庭，誰無父母！）

他抬頭看著我，驕傲地說：「我都九點才下班！」（但你的薪水是他們的十倍！）

二十分鐘後。

你說的事我都了解，未來會有所改變，怎麼做你將會看到，要對團隊有信心！（只差沒有：一、二、三、加油！）

當然，我從來沒有看到什麼。因爲以他的高度，讓你覲見已是你的榮譽，他沒有義務要做任何理會。

這個我了解。

至於這種談話對自己有沒有傷害？嗯，只能說，當主管的主管討厭你時，會有很多人來幫忙討厭你！

恩由上起，罰由下行。有些事情是不會改變的。

04 四十歲男人在喝酒。

「關於工作，既然上了賊船，就好好當個賊！」鐵人二十八號說。

「既然是三明治的中間層，就要讓自己多點風味！」我說。

酒，就是催化劑。

我從來不知道酒哪裡好喝，真的。

與其說喜歡喝酒，不如說喜歡喝酒的邊際效益。

女人們說：酒地必花天，所以花天酒地。

部分是事實，但誰要女人酒前酒後差那麼多？

關於女人，我們容後再討論。

先說說酒。

關於酒的香醇，有很多形容。入口溫潤，口齒留香，那刺激在舌尖跳動，那感動在腦中沈澱；鼻腔留有木桶的香味，那懷中有升起的暖意；純麥精釀，純米吟釀；葡萄有去皮不去皮，澀感不澀感；小米有馬拉不馬拉，乎乾不乎乾。啤酒有黑，白，苦，淡或水果味，白酒是四十、五十、七十往上爬。（告訴你，醫用消毒酒精是七十五度。）

這些，我都喝不出來。眞的！

對於我而言，酒只是介於甜飲、茶之間的一種飲料。

那你們男人爲什麼這麼愛喝酒？

關於這個問題，要分幾個層次來說明。

首先，聚會用飲料，最基本要有以下特質：

第一、要有顏色，多采多姿的顏色，可以增加氣氛。

第二、要能引出食慾，飲品配美食。假如會愈喝愈不想吃，那廚師臉色可是愈來愈難看！

第三、要能夠點燃情緒（熱情）！若不這樣，在家吃飯就好了。

接下來，還有：

第一、不是只有男人愛喝酒，女人也愛喝酒。（容後另敘。）

第二、不喝酒，那喝什麼？

首先我們來看汽水。第一個缺點是甜味：喝多了會膩。因爲血糖急速上升，會抑制食慾。這對美食是多麼不尊敬的態度。你可以想見和你同桌吃飯的朋友汽水三巡後，說他不餓了！

另一個大家關心的是熱量的問題。我們先了解可樂和啤酒的熱量：

一瓶鋁罐裝汽水的熱量是：

四十二大卡（根據可口可樂公司標示含醣類一〇．六克，鈉四毫克）。

一瓶鋁罐裝台灣啤酒的熱量是：

三三〇CC×四．五％酒精濃度×七大卡（每克酒精）＝一〇三．九五大卡。

不可否認的，同體積的啤酒熱量大約是可口可樂的兩倍，然而酒精的代謝和醣類不同，它會直接轉成熱量消耗掉（所以酒酣耳熱），而醣類須經過較多程序的代謝，所以大部分的醣類會轉成脂肪儲存。喝酒會胖的印象，始作俑者是於喝酒時陪伴的美食。

那喝茶啊！女性同胞常常這麼咆哮。

第一、茶的確符合有顏色，不一定要喝熱的（歸功於愈來愈普及的減肥茶），但這是在台灣。在歐美地區，茶並不是那麼普遍的飲品，甚至比酒還貴。在形象上，茶也代表優雅，文靜。所以當電影裡的Tom Cruise，Bradley Cooper（孤單米老鼠堅持要我加上去），Ryan Reynolds等等，要表顯出帥氣豪放，不好意思，酒！

第二、茶沒有熱情！這點，各自體會。

所以茶，還是留給女士們下午喝吧！

於是：The winner is "liquor!"
不是因爲它多好喝，不要聽信那些香醇濃郁的鬼話。而是我們喜歡它有顏色，
不抑制食慾，最重要的：
它點燃情緒！

酒，能夠點燃情緒（熱情）！

05 四十歲男人在酒店。

這世界有酒，就有酒店。

更重要的是：有些店，男人都知道是賣什麼，女人就是不知道！

所以，這一篇是寫給女人看的。

首先，要就文化的差異解釋一下：英文的hotel，中譯爲酒店，是指提供餐旅的酒店，也就是旅店。可是反過來中文的酒店，尤其是指「那種酒店」，就不能單純譯爲hotel。

聽說數十年前Air Supply來台灣演唱時，鬧了個笑話——他們走進「理容院」要求剪頭髮！中英文都一樣，有些名詞有它的文化隱喻或借喻，否則英文的電話簿不說telephone number book而叫yellow pages；而學中文的老外很難理解爲什麼手機（hand phone）會被稱爲「大哥大」（雖然只在台灣如此稱呼）。

然而酒店要譯成pub（太英式，太單純！）或night club（太日式，太禪！）似乎都傳遞不出台式的「那種酒店」的「那個」味道！

坦白說，「喝酒」，台灣男人沒有英國人那麼單純，「吃肉」，又不像日本男人那麼矯情虛僞！

「直接，才是台味！」

喝要喝的痛快，那就啤酒三百無限暢飲；脫要脫的乾脆，所以三分鐘脫光光！因爲穿的少所以脫的快，相對的，臨檢時回穿也快。因爲你穿的慢（西褲襯衫釦子多），所以報紙刊的，通常都是光溜溜的酒客。

這種酒店，叫做三百暢飲店。感謝台灣人的厚道，二十年來不論經濟發展，招牌永遠寫著三百暢飲（寫五百擺明比較貴，寫兩百就太虛僞）。但是如果你相信只花三百，那你就疏忽了台灣人的奸巧，招牌是只爲了吸引你進來。很貴嗎？嗯，一個人每小時三千差不多！但是兩點說明：暢飲的是啤酒，其它另計；肉類是有觸感，沒質感（自己體會）！這種店在桃園以南的大都市最多，因爲店面租金便宜，可以低價促銷。年輕人很多，甚至二十歲以下，但是菸酒癮可能比四十歲的我們還大。燈光昏暗，否則妊娠紋會太明顯。她們的故事，壹週刊的XY專欄常寫，總讓一堆中年男子看得心癢癢的。

鐵人二十八號說的好：「年輕大碗，出外人吃個粗飽罷了！」

然而招待日本的商社取締役、美國來的教授、韓國來的副總、大陸來的採購團，可就不能吃粗飽的。高級的商務酒店，因應而生。台中有名的那幾家，寬大氣派的門面一開，整排公主裝的小姐一字排開，大廳高懸著百萬水晶燈，底下媽媽桑和小弟們穿梭不停，某董某董的招呼著。這種地方的口碑就是：不像「小姐」的小姐！（聽起來怪怪的！試著翻譯一下就是：我們賣的小姐不像「賣的」小姐？咦，好像更怪！）無論如何，肉類是有質感，但可不能有觸感。（不能亂摸！要摸買出去再說！）酒當然還是酒，價格會貴點。（就像肯德雞和市場雞比，當然比較貴。）其實錢花多不是因爲酒肉的價格貴，常常因爲酒客頭臉都不小，互相車拼耍豪氣耍大牌，所以揮霍千金的傳聞不斷。這種酒店，不是單純的酒肉賣場，是男人鬥氣的擂台。（眞幼稚，我同意！）反正撒的是公帑、公關錢，只要不是自己掏錢，大方又何妨。最後業者賣了酒，賺了酒錢，男人賺了面子，女人賺了銀子。

「那是多麼淫穢不堪的骯髒場所！男人去那裡就是一樣髒！」女人們大聲抗議！

別急著扣上道德的大帽子，女士們。

眞的不會發生什麼事，眞的。我解釋一下。

首先我們來看高級酒店。去上這種店的，大多爲主管老闆。年紀，少說五十好幾以上。幾杯黃湯下肚，還多行？只有自己知道，哪敢拿出來現！（隔天就成了笑話！）醫界的名言：GI還行但GU可不行了！（翻譯一下：GI=gastro-intestine，腸胃道；GU=genito-urinary，泌尿生殖道。）

既然都說了是比面子的場子，當然要秀優點（錢多撒錢），藏缺點。（買出場沒問題，但聊聊天就好，累了嘛！）於是所謂的酒國名花，把客人爽的團團轉，常常都只是嘴巴很厲害！

問哉：那我們家那個青年才俊騎寶馬（是開寶馬）都死到哪裡去了？

答曰：以一個中、低階主管都平常收入而言，高檔酒店的開銷，著實不少。如果是招待客戶的應酬，在上管客戶面前賣笑拼酒，常常比工作還累。而如果往三百暢飲店去，格調低又不合身分，常常女人的煙癮酒癮毒癮比你還重！

最重要的是：用錢買得到，哪能彰顯男人的魅力！四十歲的男人，是草原上的獅子，可不是電影《馬達加斯加》裡紐約公園豢養的觀賞獅！

所以四十歲的男人不會在酒店，就算會在酒店，也不見得會出事！

到底死去哪了？如果約得到美眉唱歌喝酒，誰還到酒店花錢！KTV可以，Primo，Luxy，Room 18……

酒店的女人貴？別傻了，每個男人都知道：不用花錢的最貴！

怎麼說了那麼多，沒說到酒，沒聊到店？
金（錢豹）、假（日）、海（派）＝眞正壞（台語）！
什麼？你問我怎麼都知道？
當然，這些都是朋友告訴我的，眞的！
就是台北的「那個」朋友啦！

06—四十歲男人在KTV。

四十歲的世代，是卡拉ＯＫ的世代。

說到酒，那可是有幾千年的歷史。而卡拉ＯＫ的歷史雖只有數十年，卻是千年來「酒」所等待的最好伴侶。連曹操都說：對酒當歌，人生幾何！但他是丞相，隨時都能叫個管絃大樂隊來幫他伴奏。我們的父執輩就克難多了，茶也好，酒也好，配個花生加月琴，夏日傍晚農餘時，談天說地加彈彈唱唱。

民歌時代，是個轉折點。

五、六年級生的求學階段，校園內最常見的活動就是吉他彈唱。從中華文化復興運動風行的長袍加二胡，到民歌時代的T恤抱吉他，代表的不只是樂器流行的改變，而是整個流行音樂有更活潑，更豐富的題材。

但你不會因爲喜歡唱歌而堅持要嫁個會彈吉他的吧！（雖然眞的有人是如此。）

然後卡拉ＯＫ出現了。

首先，我們要解釋一下。無論就日文，英文而言，卡拉ＯＫ或ＫＴＶ都是從日文「Karaoke」而來（ＫＴＶ=Karaoke TV，相對於ＭＴＶ=Music TV）。但是在台灣，這又代表著兩個不同形式的娛樂。在伴唱娛樂的演進史中，早期多是公開性質：有一個舞台及麥克風，大螢幕播放正版（比較少）或非正版（通常是泳裝美女走來走去）的伴唱影帶，各桌填寫歌單，來賓輪流演唱。（接下來請五桌來賓點唱「青蘋果樂園」……）老闆發現，與其傷腦筋請樂師，還不如讓來賓自己唱！（好像賣火鍋的只要請人切菜就好！）

小弟敝人在下我第一次唱卡拉ＯＫ就是和家姊合唱「神話」，演唱時舞台還會自動升起來，眞酷！

當時的包廂，是指ＶＩＰ性質，消費金額比較高。

然而因爲等待時間久（一首歌三、四分鐘，常常等半個小時），無法切歌（很想切別人的！），唱不好還滿丟臉，聽不下去又逃不掉（頂多藉機上廁所），不能太high（黎明或鄭秀文的歌大庭廣眾怎麼唱！）等等限制，於是漸漸地，年輕人轉往ＫＴＶ。

ＫＴＶ完整的說法，是指ＫＴＶ包廂，也就是包廂式ＫＴＶ。國內兩大無女侍陪唱的KTV系統業者即專營如此。業者經歷了版權轉換，品質提升，自律自清（清毒清色），使得KTV成爲台灣社會最普遍、高貴不貴的娛樂休閒。兼具有半隱密性，可以肆無忌憚地發洩吵鬧唱歌喝酒（在餐廳大聲會吵到別桌，有時還會引起衝突），費用合理（Whisky一瓶約一、二千起跳，pub賣三、四千，酒店可要五千以上）。裝潢高雅甚至不輸「酒店」。餐飲從原本的簡單，到宴會級的點餐，或自助餐式的Buffet應有盡有。以前是吃完飯去唱歌，現在則是直接去KTV吃飯。KTV成了全民活動，眞是：台灣一片月，萬戶卡拉聲（長安一片月，萬戶擣衣聲）。

如今台灣的KTV產業，連卡拉OK的發源國日本，或鄰近的香港韓國，都不能相比。

「去過日本的KTV嗎？」鐵人二十八號問。

「小，單調，貴！」

而舊式卡拉OK式的唱法，慢慢少見，如今多是家庭式伴唱系統的行銷以卡拉OK爲名。漸漸產生一個非正式的區隔：桌號輪唱式（幾乎不見了）或家庭伴唱式的稱爲卡拉OK，而KTV則指包廂式歡唱。

當四十歲的世代剛進入這個社會的娛樂圈時（約民國八零年代），正是台灣社會經濟開始發達，國外庶民娛樂及消費陸續進入台灣，造成提名牌包、開名車往卡拉OK、小鋼珠、保齡球館趕場的繁榮時代。

早上預約保齡球，要等到半夜，還只能打兩局！多少人提著重得要死的保齡球和球袋在路上走，暗示自己很專業！

而小鋼珠雖流行，卻慢慢地成爲無聊男單調生活的寫照，加上多少涉及賭博，龍蛇雜處，使得它在娛樂圈慢慢被邊緣化。

因此，只剩下KTV勝出，且日益繁盛。

而四十歲vs. KTV，又意味著什麼呢？

首先，經濟問題。喝酒唱歌又盡興，在KTV的消費約數千到一、二萬不等。（眞的，X櫃SOGO店還眞不便宜！）對剛出社會的青春男性，負擔不算輕。

那，你說：「各付各的！」

你瘋了！

你眞的瘋了！

膽敢有這樣的想法（女人名牌包內大小東西都有，就是沒有錢），或者說出口，你應該會馬上在娛樂圈（北、中、南都一樣）消失！

所以四十歲的第一個意義是：負擔得起「無限歡唱加暢飲」，又不至於讓年輕美眉以爲你是怪伯伯的年紀！

所謂年紀，當然很重要。

看看我們的前輩老先生們在ＫＴＶ（先說明，是無女侍陪酒的正當場所），常有幾個特點：礙於身分和地位（通常都是高階主管），並不好意思太活潑，常常屁股黏在沙發上，正襟危坐。當你在一堆周杰倫和蔡依林中間突然出現一首「舊情也綿綿」或「可愛的馬」，（要忍住不要說：「拜託，誰亂點歌！」）有人馬上接著歡呼說「大家請注意，某經理開唱了！」於是全場歡呼，然後上廁所的上廁所，拿飲料的拿飲料。

若好不容易點了一首：「愛情限時批」（這首是tango節奏！）更不得了，場子裡最年輕最性感的辣妹要馬上（注意，這是義務！）上去和老先生合唱。（還要跳喔！）

根據經驗統計，前輩們最常點的是：「廣島之戀」、「新不了情（國語）」、「傷心酒店」、「愛情限時批（台語）」。

眞的，每次都有人點，每次！

慢慢地，前輩們終於了解這已經是不屬於他們的場子，（前輩感嘆：發現旁邊的傳播妹和自己女兒一樣大！）只好由兩個方向退場。一批（以台中地區爲例）往

「金假海」（台語。指金X豹、假X、海X）疏散。那裡的小姐絕對不會嫌你點的歌太老（她們有成堆老歌等你）！另一批則回歸家庭伴唱系統，和老婆小孩（坦白說，他們比較喜歡和朋友去KTV）歡唱他們的時代懷念老歌。

所以四十歲，是你人生最後一個階段「還可以和年輕美眉一起在KTV唱歌」！

積極點吧。

周杰倫聽都聽到會唱了（連幼稚園女兒都會唱），陳奕迅還可以，劉德華會被嫌太老！合唱要練幾首：「窗外」、「屋頂」（「你最珍貴」太常唱了）沒問題；深情的也要有：「童話」、「約定」還算拿手。「千年之戀」常聽年輕人唱，「傷心酒杯」（不是「傷心酒店」，別搞錯）就不太行，至於林宥嘉、神木與瞳？這太新了吧？（不是藉口，你知道有youtube這種東西吧！點出來練習一下。）

當年輕的男女們唱著大嘴巴、飛輪海、羅志祥時，划著新加坡拳海帶拳，你還是會覺得時不我與！

但是無論如何，請不要再點「廣島之戀」和「新不了情了」！

我是認眞的喔。

07 四十歲男人和女人之一：女人。

就生理上最基本的差異，女生是由荷爾蒙控制的生物。

簡單來說，知道機械系和電機系的差別嗎？

或是機械表和電腦的差別嗎？

男人有如齒輪帶動的機器，一樣是構造精密，但一環扣一環，一旦卡住不動，尋著傳動線索很容易找出問題環節。拿掉壞零件，換上好零件。

但你用過電腦吧！

灌軟體也當機，開太多程式也當機，外接硬碟也當機。

如何解決？重新開機。

爲什麼當機？

「當機需要理由嗎！」連修電腦的都這麼說。

「我心情不好，需要理由嗎？」女人們說著。

因爲無法以理性解釋，而產生性別偏見。所以古老西方醫學一直以爲發瘋是源自於子宮。（Hysteria=歇斯底理，其中hyst爲拉丁文字首，意指子宮。）

怎麼修理？沒得修！技術員搖搖頭。

「只能忍受重新開機，或是乾脆換一台電腦！」

男人像機器，要動要上油。（否則會癡肥。）

女人像電腦，新的時候穩定，舊的時候……

然而，我們仍不吝惜的表達對女性的肯定和恭維：

「女人，是上帝創造最美好的生物體！」

她有多美好，留給各自體會。（白皙的肌膚，柔軟的軀體，溫柔的聲音，美麗的曲線，清雅的香氣……）

然而在社會個性的展現，女人確實擁有和男人截然不同的特質。

首先：「女人是面子的動物」！

從小女孩的時代，女性在贏得照護者歡心的能力上，大多比男性優勢。抱抱、親親，一些可愛的動作馬上讓長輩投降。不知是生物性還是社會制約，當這種在乎外在反應的敏感度隨年紀不斷加強，使得女性在處理形象工作就幾乎占滿了生活所有的時間。第一個眾所皆知的就是出門的準備工作！女人絕不會覺得你剛掛上電話後，十分鐘就衝到樓下是件好事。因爲有多愛她是一件事，但她來不及打扮是事實。

單單女人出門這件事的相關產業，就占了全球經濟活動的一半以上（從百貨公司的樓層分配可以肯定的說）。

電子業通靈副總說：

「百貨公司裡面，有一半是賣女人的東西，另一半是賣給男人要送給女人的東西！」

另一個女人愛面子的典型表現，是「喝酒」。

身為一個女人「放浪的藉口」，喝酒對女性的重要性，遠勝過男性。長期處在表現節制及個人優雅的女性同胞，對於生理及心理上的放浪，（畢竟是屬於社會上的負面行為，但是，誰無七情六慾呢！）就迫切需要一個理由、或藉口、或防護罩，來表現「她」的無辜和不情願（「他」說無辜或不情願應該沒人相信）！於是從各方面來看，酒都是最佳物選！

如果一個女人對你說：

「對不起，我不喝酒！」那表示你完全沒機會。

如果……

「坦白說，我是不喝酒的，因為酒量不太好，不過今天大家那麼高興，我想喝一點應該沒關係吧！」這是一個好的開始，因爲她看上你了！

或是……

「沒……我沒喝多，只是有點暈！我再敬你！」她應該是在想：「你應該不會笨到不把握機會吧！」

最後……

「……（只剩醉倒在你身上的動作，沒有言語）」她是想：我都已經這麼明顯了，你還不送我一起走！

不過有時踢到鐵板的情形是：

「來來，再來！老娘今天豁出去了，這杯你一半我一半。（只見她撩裙跨椅……）」

這，你也沒機會，因爲她眞的是喜歡喝，而且很敢喝。

無論如何，以上幾種情況，有一個最重要的基本要求：「你不能比她先喝醉（或不行）！」

根據非正式的酒國調查，所有酒量好的男人都不敢和女人拼酒！就醫學的角度而言，可能是女性的體脂肪比例較高，可以容納更多的酒精！

無論喝完酒發生什麼事（不管心裡面知不知道），「酒」自然而然地負起了保護女性名節（女生放蕩非自願，男人放蕩是劣根性）的責任！

因爲要面子嘛！

第二個顯著的社會性是：「女人是『不能吃虧的』。」

什麼是吃虧？

舉個簡單的例子：

「你覺得林志玲配馬桶大王如何？」我問。

「很好啊！郎才女貌，不吃虧。」鐵人二十八號說。

「兩個人每天從早到晚忙得要死。」我說，

「時間精力都花在事業賺錢，可是他倆家裡最不缺的就是錢啊！」

爲什麼就不能配個窮酸賣書的？

因爲不能吃虧！（可是王子配女僕常傳爲佳話。）

（Hugh Gram是很帥，志玲也比大嘴Julia還美，但是Notting hill新娘百分百畢竟只是一部電影，不實際。）

美麗，能力好，經濟能力強，就是要嫁能力更好更有錢的！否則就是吃虧。

女人獨立自主不是優點（甚至被可憐），穩定的依靠才被羨慕！做事能力好固然不錯，但不用做事才是終極目標。

這就是女人的盲點。

而有盲點，就有陷阱、欺騙。

於是社會上多的是被多金男劈腿，或女人散盡家財才發現對方是虛有其表的空殼子。

但是一個銅板不會響。

男人發現女人展現的外表是人工堆砌，或卸完妝判若兩人。眞的極品也是多方經營，要在保存期限內做最佳的拍賣！

於是，爾虞我詐，競爭變成白熱化。

不要嘆氣，這混亂，

不是男人變壞了（男人從亙古以來就這麼壞）！

而是女人變敢了！

08 四十歲男人和女人之二：國王和公主。

「一個在成長過程中，一直被寶貝地呵護，甚至溺愛寵壞到結果無法收拾地步的美麗少女，通常都是這樣，她在傷害別人方面，是個天才，是個一流的高手！」

——村上春樹《旋轉木馬的終端》〈為了現在已經死去的公主〉

會被公主這種生物體矇蔽，是我們年輕不懂事時的錯誤。四十歲的男人，不會再被那種美好的外表所矇蔽！

我們討厭公主！

討厭邪惡的心靈加上美好軀體的綜合體！

然而要了解現在，必須先知道過去。

二十年前，男女生在非親非故的情況下能「交際」的機會並不多。所謂的pub又

分為名流貴公子（通常是曾留學國外）流連的西式pub，以及爸媽說「壞人很多，龍蛇雜處」的下流地方。男女之間的認識，通常是靠社會管道，朋友介紹。領進門就各安天命，私下連絡。對於對方通常有粗淺的了解（至少資訊還算可靠），只差當場勘驗（照片畢竟是假象之美）。男生看臉蛋，女生看談吐。長髮清秀為上品，內向溫柔是好貨（好妻）！而男生被期待高大英挺堪配種，工作穩定前景好。由於社交圈小，民風閉塞，即使用了以後「食之無味，棄之可惜」，但因選擇少，怕麻煩，往往就認領了！

二十年的社會變遷，奢華漸現。女生漸漸獨立，但也知經濟獨立之艱難。男生經驗增加，才知道臉蛋好看不一定好用，性感爆奶才不輸人。

除了觀念重點改變，還有作戰方式改為群體戰：女生落單當然危險，成群則能無敵（菜菜子的代表作：大和拜金女）。男生成群則有助於減輕經濟壓力，增加灌酒實力！於是從單挑變成軍團對抗（符合連線作戰的電腦世代）。女生看男生：腦滿腸肥可以擱一旁（當然也不能太誇張），什麼車什麼錶什麼手機什麼西裝，「看得到的怎樣」是基本，再來猜得出看不到的。男生看女生則是：低胸細腰身材棒，能唱能跳精神好，氣氛佳！

講話不在斯文，談錢猶要大氣（闊氣）；女生不在溫柔，而在於主動積極。

總而言之：對於優質異性的掠奪，男女都不手軟。女生要能減輕經濟壓力，男生要能減輕生理壓力！

鐵人二十八號問我「如何在這場戰役中勝出呢？」

「大哉問！」吾笑對之。

「一言以貫之：低調的奢華。」

那個全身穿花襯衫喇叭褲戴雷朋墨鏡和勞力士滿天星的時代，是民國六零年代。你不是在演艋舺，男生也好，女生也好，吃個飯唱個歌不需要把所有值錢行頭都戴在身上。這點，女性同胞進化的比較快（因為下午茶會議常會討論到），男生則往往不知節制。這樣只會讓人覺得你很「聳」。（看過全副武裝跑五百障礙吧，累死你！）

如果手錶帶IWC複雜功能，那眼鏡就搭個玳瑁膠框裝斯文。如果穿著Armani大衣，那Vertu手機就放在家裡。一次展露一個點，受注意又不太顯眼，這是基本道理（相信我，包廂再暗，她也看得到）。

女性反之亦然。

如果披著LV的披肩，穿著Burberry的大衣，挽著Bottega Venetta的包包，穿著

Tod's的豆豆鞋，拿著愛瘋猛講，又露出戴著Chanel（不是channel）的J12鑲鑽。

男人想：「哇，她很貴吧！」

所以孔子說：「質勝文則野，文勝質則史。文質彬彬，然後君子。」（孔子好歹也是當時的低階貴族。）

「適當有所節制，低調又有點奢華！」白話說法。

無論如何，在外表經濟日益發達的現代，公主就產生了。

身材姣好鄰家臉蛋（坦白說，林志玲太高了），她們是公主候選人。你最好在她們剛從下港到都市就認識她們，你還不會受到殘酷的對待（暴龍也有可愛的小時候）。因爲那是她們一生中的唯一的純眞年代。

一旦經過浮華社會的鍛鑄後，常常令人刮目相看！

「你這台530有點舊了！」

「怎麼不換一台740？」

「上次朋友的Ferrari好難坐，保時捷還比較舒服！」

不斷的追求者，好像在富比士的拍賣會。吃高檔送好貨坐名車，成本不斷的攀升！卻只是造成公主「是一個個傷害別人的天才」！

但是，嘿嘿，四十歲的男人是國王，不是王子！

年輕多金的男人，那是青蛙王子。輕敵，躁進，不恤成本，往往血本無歸！得到的，只是對方輕蔑的同情。因爲財富來自家庭，所以不恤成本！自以爲年輕多金，眾女高拱，所以迷濛輕敵，重裝（開的車、送的禮）卻躁進。愈得不到愈不甘心，於是敗得一塌糊塗。（搞清楚，敵人已經不是在學校讓你恣意矇騙的清純學妹！）

而四十歲的男人，經過了社會的熟成，現實打拼的陶冶。於是立點沈穩，進退迷人。不勉強，不強求。可玩情調，可談理想。言之有物，經驗豐富。難度愈高愈能捨，以退爲進，收穫卻更豐富！

Because he is a king!

於是，閃耀的公主遇上睿智的國王。

有如誰先摔落河的拉繩遊戲，一旦你輸了，

即使你是公主，也會變成丫環！

你只能配合他，跟隨他，套不住他。讓他予取予求卻無能爲力！

別緊張，這種機會也不多，你得先找到未婚的！

09 四十歲男人和車子。

關於四十歲的男人和車子，或是四十歲男人這個世代和車子間獨特的感情，是有必要特別說明的。

這件事，不單單是「追求速度，與生俱來」的廣告詞而已。輪子上的大象曾說：「人除了公司和家裡以外，待最久的地方就是車裡！」當然不只如此。

由於汽車這種高度工業化產生的產物，和時代背景有密切的關連，不得不特別標出它對整個世代的影響。在台灣，現在四十歲這個世代（出生於六年級初，五年級末），在滿十八歲可以考駕照的年紀（約民國七零年末，八零年初），是第一個年輕人可以有車開的世代（台灣社會開始進入汽車家庭）！這是多麼難得的一件事！在更早的時代，車是高不可攀的奢侈品。往後的年代，台灣錢淹腳目，對於車，不單是比較「擁有」，而是要「名車」才夠。

於是，我們是第一個享受汽車進入年輕生活的台灣世代！

其次，是汽車對一個青春熱火男性的意義。

四十歲的男人們，請你回想當年：

車，竟是你生活中第一個私人空間。小時候一直到國中前，和弟弟睡同一房間，甚至同一張床。高中、大學住宿舍，四個人住一間。當時的台灣，年輕人沒有隱私權。直到你有機會，考過駕照，借了爸爸的車（畢竟認爲你成年了），關上車門，這個一坪不到的室內空間，居然是你生活中除了廁所以外，唯一的私人空間（當然還不是獨占的）。你可以把車窗搖上（電動窗還不是標準配備），把余光播的西洋搖滾樂開得很大聲，唱著A-Ha的take on me。

一點都不必擔心吵到別人！

你高興吧！

其次，更令你高興到下巴掉下來的是：

「汽車是第一個讓你可以肆無忌憚地把右手放在女友身上（坦白說就是上下其手）而不影響前進的交通工具！」

散步？大庭廣眾不可能！

腳踏車？並騎亂摸會摔倒！

機車？只摸得到大腿，還看不到臉！

只有汽車！

雖然當年裕隆房車是主流，雖然皮椅不普遍，雖然車子是家裡的財產，不是你獨享的。但只要有車，你就是眾人羨慕的焦點！

當時的車當然是用來載妹，要不然呢？

載媽媽去拜拜？除非你不小心撞壞車後，被她押去求平安符！

如今，社會已經進步到「車子是許多人生活的第一部交通工具（直接跳過機車！資本主義生活怎麼可能節能省碳）」。甚至，不只是交通工具（如SUV=Sports Utility Vehicle）。

從速度來分：轎車，跑車。

以外型來分：四門，雙門，敞篷。

從傳動來分：前輪，後輪，全時四輪傳動。

從引擎位置來分；前置（多數一般車），後置和中置（純種跑車）。

從底盤高：越野車，休旅車（RV=Recreation Vehicle）。

載貨量：轎式旅行車（wagon，或estate）。

還有許多跨界（cross-over）的怪東西：四門跑車（M. Benz CLS起的頭），

LSUV（Luxury Sports Utility Vehicle），休旅跑車（如BMW X6），甚至休旅敞篷車！

其實，汽車對你而言，只有兩種分法：

你的車（私產），還是家用車（公產）。

精挑細選，期待數年，辛苦準備，排除萬難（買車，養車，有地方停車）。任何人不能妄動，灰塵一定抹開（恨不得車底也抬起來擦）！這是你的車。

把妹也好，耍帥也好，自己爽就好。由於各種價位都有，兼顧需求和虛榮，汽車很容易成爲男人表彰成就和犒賞自己的第一個選擇。然而殘忍的事實是：一旦車子成了虛榮的武器之一，就有升級的壓力！所以不只要有車開，還要買對車，開對車（坦白說，很多人沒有選車權），才能彰顯出自己的虛榮。而車廠也針對這種需求，有等級之分（如3、5、7或C、E、S）等。

而如果你對汽車沒有熱情，那它就是一個實用的傢俱。

各種國民車種一樣任君挑選。刮到是正常，撞到年底再一起修。小孩的餅乾屑和茶漬到處都是，不可否認，不是每個人都對汽車有熱情。

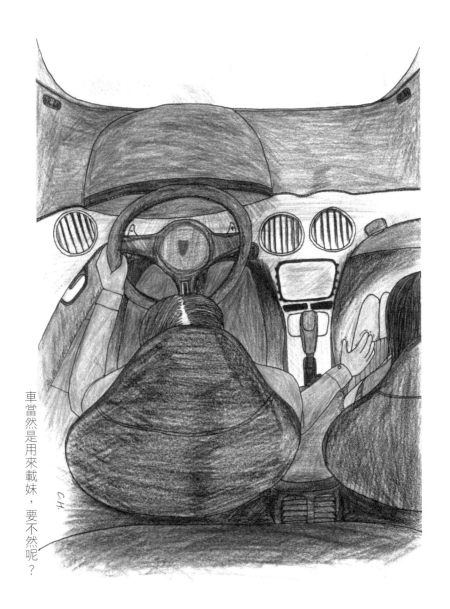

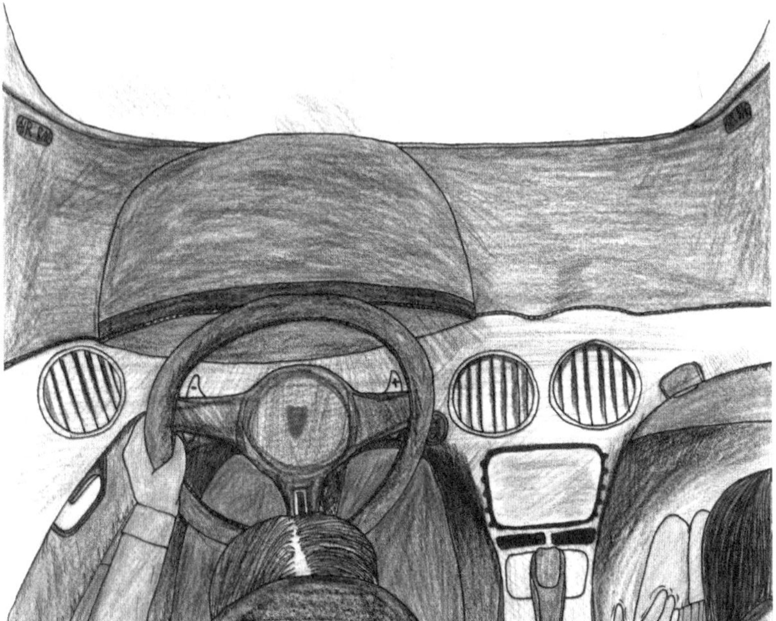

車當然是用來載妹，要不然呢？

不論你的感覺如何，遺憾的是汽車已經退出時尚市場。

因爲，「酒後不能開車」。

不管你的雙B保時捷甚至法拉利多快多帥，請好好的停在家裡。沒酒沒熱情，但酒後不開車。不論你高矮胖瘦貧窮富貴，喝了酒，你只能把車停在家裡，乖乖地搭小黃。

所以汽車眞回到它的基本面：

愉悅你，

或滿足全家「行」的需求。

10 四十歲男人的祕密基地。

公益路上的巷子裡，有間136咖啡，
是我的祕密基地。

每個男人，都有個祕密基地。

怎麼說？

或許是小時候夢想的延伸，

曾經擁有在芭樂林園，灌木叢中，

鋪上稻草的祕密基地，

藏著死黨的祕密，偷來的火柴盒小汽車，撿到的棒球，提供躲避爸媽藤條的庇護所。

如今長大了，我們還要！

大人的私密空間，有幾個特色。

首先，它不一定是個密閉空間。你要密閉空間，七期那裡汽車旅館多的是。可

是你不會去那裡發呆，寫作。私密，是指心靈上的隔絕，空間上的開放。

其次，那絕對不會是連鎖咖啡店。麥當勞，我承認它到處都有，方便乾淨又有濃縮咖啡，但它不是。Starbucks，拜託，剛登陸台灣還算有FU，現在只算是高中女生的層次。我承認焦糖瑪奇朵在冷冷的冬天讓我暖到心裡，但是它也不是。

最後，不要告訴我什麼紅酒雪茄專賣店，兩者搭配相得益彰。你可以想見在巷弄裡一個昏黃燈光的木門，掛著Marlboro的招牌，裡面清一色幾個男人（從來沒有太多人）坐在吧台前吞雲吐霧，喝的是貴的要死的紅酒。Come on boys！這和拿一杯紅酒到百貨公司抽煙室喝酒抽雪茄有什麼不同？貴的要死卻連個女人都沒有，不管是男是女，都興致缺缺！

我們要的，是hip space！

首先，它不在大馬路邊，在巷子裡，通常是角間。如此能有大門面又不吵雜。

其次，老闆很重要！像村上春樹的傑氏酒吧，不多話的老闆削著馬鈴薯炸薯條。老闆是沈默的靈魂，遊走各桌驅趕陌生卻能勾起知性又不油膩。有點品味但不能富有，因爲你不會喜歡老闆老是把貴的嚇死人的精品當成品味！

不把錢當一回事的那種人，令人討厭！

Money is still a problem in my world!

賣的東西不能太有疏離感，常常是普遍的各式咖啡，啤酒備有比利時的，氣泡

每個男人，都有個秘密基地。

水有分粗氣泡或細氣泡。無線上網是必備，否則美美的Mac怎麼秀出來。牆上掛著自畫像，自己組的腳踏車吊一旁。椅子有點造型但不高貴，吊燈IKEA的就很搭配，散步路過的人不會怕走進來，看到帳單不會吐血！

鄰桌坐的不一定是美女，但是時尚不發騷，因爲這也是她們驚艷的小空間！偶而走過的是騎完單車的型男（自以爲很型很行的男生），正縮著小腹和老闆聊著聽起來好像很專業的單車問題……

最後一點，微不足道但卻是每個男人心中的重點，決定是不是祕密基地的關鍵：店門口必須可以停你的愛車。紅線沒關係，黃線也無所謂，坐在店內的任何一個角落都可以滿意地看著（ㄎㄢ著）愛車！有什麼比得上當你優雅地停好車（單車、機車、跑車），（自以爲）帥氣地下車，無視眾人眼光（其實是很注意，尤其是右手邊那桌的美女，給我看好！）地走進店內，那種暗爽，在心中。

「還是拿鐵嗎？」年輕的美眉帶著熟悉的親切笑容問著。

哈哈！台北人，羨慕吧！

只有中南部有這種幸福的地方。（因爲台北店面都很小，停車，做夢！）

重機，勁單車，保時捷，敞篷車……男人就是覺得看著看著愛車喝咖啡，優游自在的樣子，自己很帥！

最後，回歸正題。

私密？在哪？

私密，不在於空間的表現，而是你把它孤立於生活中！

像浮在比奇堡海上的那座小島，有一株椰子樹。

它是你流浪的地方，你看雜誌，電子業通靈副總聊Men's talk，寫作，打報告，上skype，斜眼暗示右手邊那桌的妹很正……

老婆、女友、異性密友、紅粉知己你都不會想帶來，因爲這是你和Men的祕密基地。你應該不希望當你在店內鍵盤起落，準備大作投稿聯合文學獎時，老婆大人牽著可愛的小女兒站在店門口問你什麼時候回家吃晚飯帶小孩！這太殺了吧！

反正這也不是賣酒賣肉的不良場所，她們也不會太在意。

而這店也沒有那麼hip，會讓一堆遊客拿著什麼Walker的書一步步找來。它永遠處在不會倒，也不會成爲連鎖大企業的狀態。來的就是熟客，或是熟客的朋友慢慢變成熟客，就這麼簡單。

其實它只是生活的另一扇窗，打開它你看到單純的自己，輕鬆的朋友，和一些偶爾經過，還滿漂亮的女生。

女人們還是會說：我就不懂，寫作不能在家寫嗎？我和小孩又不會吵你！

哎，有時候女人就是不了解自己的破壞力有多大。

私密，是指心靈上的隔絕，空間上的開放。

11 四十歲男人和社會。

南部某一所大醫院的院長，由於常常出門不在家，引起老婆經常性地抱怨。有一天，他即將因公出門，老婆終於忍不住，如火山爆發般地大罵，罵他不顧家庭不顧小孩！

他氣定神閒地回過頭說：

「你要知道，像我這樣有能力的人是屬於社會上的公共財產！不是你一個人可以獨享的！」

公共財產。

四十歲的男人，是屬於社會上最重要的公共財產。

當然，你可以選擇留在家裡，當一個私有財產。可是你一旦選擇投入社會，你將是社會當中最重要的資產。任何社會都需要有理想，成熟，穩定的中產階級力量，是推動社會進步的主力。

所以孔子說：「四十不惑。」

比較一下。

更年輕的世代，在這個愈來愈專業的社會，一方面專業尚在養成，一方面也未在決策階層。

至於更爲老成的世代，理想性漸漸喪失，愈來愈傾向倚老賣老，有安全穩定，缺少衝勁之感。

更重要的是：四十歲的賣相佳！因爲這是一個視覺的時代！

如同網路上的慣用語：「沒圖沒眞相！」這確實是一個視覺時代。平面雜誌媒體看到的平面影像，是修改的完美無缺的俊男美女；電視動態從2D到普遍3D；連古典音樂界都無法再忍受胖的像個柱子的杜蘭朵公主（和「公主」的形象差太遠），因爲這已經不是「聽歌劇」，而是「看歌劇」的時代。

政治人物一個比一個年輕，英國的Tony Blair成爲第一個在唐寧街十號生小孩的首相（一九五三年生，一九九七年成爲英國首相，四十四歲），小布希生於一九四六年，歐巴馬生於一九六一年，分別於一九九五年及二〇〇八年成爲美國總統，都不到五十歲！陳水扁及馬英九，都是一九五〇年生，分別在二〇〇〇年及二〇〇八年成爲中華民國總統。這些政治人物不論在人生的頂峰作爲如何，不可否認的，他們都在四十歲的階段，發光發熱（幾乎都當過政治媒體寵兒）！

於是，奮起吧！四十歲的同志們！

不要妄自菲薄，不要自我設限，這個社會需要你。只要發揮你的影響力，你就是社會上的公共財產。台灣人長年以勤奮和努力著稱，然而對於政治社會等公共事務的參與，往往被動且「膽顫心驚」。如今時代不同，社會不同。對於公眾事物的不滿，和政府領導的操弄，都可以透過成熟合法的參與，來表達不同意見！政治就是眾人的事，但不都等於拉白布條和抗議遊行。只要積極地發揮自己的影響力，去影響身邊的人，每個人都可以改變！

Just do it!（by Nike）

Yes, We can!（as a slogan , it is out of date! But it's still true!）

你在專業上積極，在事業上發光。但如果社會上不公不義，價值道德觀淪喪；政治上小丑立委充斥，信口開河，說過即忘的政治人物滿堂，他們享用著民脂民膏，卻也是經過合法的社會程序肯定。這，就是你的不積極所暗助，大家與有辱焉！

所以古人說：「士大夫之無恥，是爲國恥！」

（國家有無恥的領導者，是整個國家的無恥！）

留給下一代家財萬貫，如何安居？
不如一個正確的價値觀，
以及一個公平正義，安全快樂的社會環境！

公共財，是你的榮耀，也是責任。
爲社會堅持一些對的事吧！

12—四十歲男人和世界。

讀大學的時候，兼當家教打工。學生是一名台北美國學校的韓藉高中生。一次閒談當中，他談到他的志向：

「我想當律師，處理跨國商業的律師。」

「因爲未來中國大陸開放，市場廣大，商業經濟必定日益蓬勃。」

「日本擁有豐厚的資金，會持續扮演重的角色。」

「無論如何，這都將顯示亞洲地區的商業金融活動會日益增加，法律糾紛勢必增加，這是我的未來！」

「所以，我現在就要做好準備。藉由台灣的環境，我學習中文、英文。還要自學日文！」

當時一九九五年。他，十六歲。

回到二十一世紀。台灣社會多的是ABT（American Born Taiwanese）或歸國小留學生。時尚圈（畢竟家境都不錯）、演藝圈（糯米糰唱著：我媽媽帶我來到紐約，現在要回來出唱片）、pub、餐廳，任何社交場所，都是：

Hey, man! Come on……

唱歌都要yo，yo，yo的。

問名字都不是志明、偉國；而是David、Sam……

當然，你我都知道，講英文並不等於有世界觀。

台灣最國際化的時代，應該是大航海家的時代（明末清初）。當時大陸政權式微，西洋航海盛行，台灣掌控西洋往日本，大陸往海洋的重點位置。西方人、日本人、台灣原住民、大陸沿海霸王（鄭式家族爲首），往來熱絡。然而隨著大陸政權穩定，台灣納爲海防一角，進入鎖國時代。歷經日據統治，國民政府威權統治，至二〇〇〇年的政權交替，卻因爲政治本土化的意識形態籠罩，幾近於回到鎖國時代（事事先問台灣認同，否則不准進入）。如今再投入世界，世界已經快速全球化。

任何一個海島國家，除了觀光業宣傳廣告外，政經教育其實都不太強調本土化（歷史短、土地小），而是張開雙手歡迎各種價值觀和文化的輸入，只有不斷的地融合，才有不斷的創新和改變。而本土化只是行銷的一種方式，除觀光業外，只剩下政治人物才會努力叫賣的一項面具商品。世界化、無疆界，畢竟是主流。競爭，在於擁有實力，在於展現能力。

四十歲的你，正站在這樣的競爭漩渦當中。

你將在專業競爭上，不斷地遭遇到歐洲人、美洲人、亞洲人、大陸人的挑戰。

你最珍貴。因爲：

七、八年級生，在本土化的衝擊下，已經沒有深厚的中華文化教育涵養（說話帶句成語就不簡單了），取而代之的是尚未成熟的台文教育，藉由政治力以試驗的方式在推廣。在大陸蓬勃發展的同時，本土化的意識形態培養出華化不足、西化一半的半吊子文化教育（不可否認的，傳統中華文化是中、港、台、澳、新，甚至日、韓的文化根基，連日本人都不否認）。

而三、四年級的前輩，雖承接傳統華式文化的嚴謹教育，然而受限於普遍弱勢的經濟能力，成長於封閉威權的社會家庭，在開創性和世界觀上，顯得受限保守。

於是，四十歲的你，將是擔負起承先啓後的世代。

香港人靈活，英文中文能力兼強，但商業社會陶冶，給人投機無原則之感。大陸人如今不可一世，面對各種場合傲氣長存，侃侃而談。然而自傲來自於實力，也可能來自於自卑的掩飾，最重要的是自傲將看不見自己的陰暗。然而大陸人的認眞積極是實在的。

日本人永遠態度謙遜，但骨子裡總覺得比亞洲人優秀。什麼事都有他獨特的文化和觀點。對於融入亞洲，還有一點距離，需要一點時間。

韓國人正當奮起，腳步穩健。堅強的民族性使得社會正義可以堅持，民族傳統持續。於是面對競爭有爲有守，表現中肯穩定。

台灣人呢？謙遜客氣是表徵，但欲堅持時又顯得無助。常常自我設限，使對方的恫嚇有效。對於自省批評容易敏感，常常要依靠外人的小讚美放大來自滿！坦白說，自信不夠。

無論如何，這些特色都將隨著世界的不斷交流愈來愈模糊！

但不可否認地，台灣所面臨的問題比其地區都多，需要奮起！

捨我其誰，捨你其誰。

別懷疑，就是你！

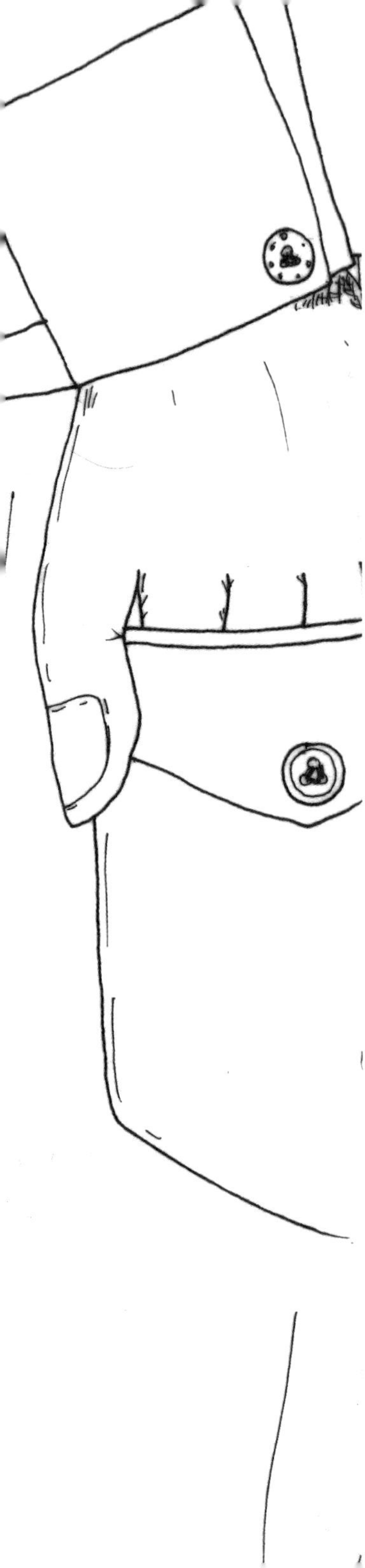

PART 02.

四十歲，男人，醫師。

MEDICINE of
knowledge
3M
全民健保醫療費用支付標準
主治醫師
C.H.

准許我進入醫業時：

我鄭重地保證自己要奉獻一切爲人類服務。

我將要給我的師長應有崇敬及感戴；

我將要憑我的良心和尊嚴從事醫業；

病人的健康應爲我輩首要的顧念；

我將要尊重所託予我的祕密；

我將要盡我的力量維護醫業的榮譽和高尚的傳統；

我的同業應視爲我的同胞；

我將不容許有任何宗教、國籍、種族、政見或地位的考慮介乎我的職責和病人之間；

我將要最高地維護人的生命，自從受胎時起；

即使在威脅之下，

我將不運用我的醫業知識去違反人道。

我鄭重地、自主地並且以我的人格宣誓以上

希波克拉底斯（Hippocrates）

醫師就職宣言（世界醫學協會一九四八年日內瓦採用）

希望我進入醫業後：

老天爺能看在我為人類努力服務的份上，
讓我，及我所照顧的病人，一路平安。
不要被病人告。
若不幸被告也不要輸，
若不幸輸也能賠得起，
若賠得起也不至於傾家蕩產。

西波克拉底斯的誓言我會記得，
我也會盡力維護醫業的榮譽和高尚的傳統。
但祈禱同業們不要再互相批評扯後腿，
希望在健保的層層限制之下，能夠順利地照護病人。
希望不會有任何媒體、週刊、白布條介乎我和病人之間！
我鄭重地希望著。

我媽和我 於草屯　靈安宮拜拜祈禱文

01 關於醫師。

有鑑於許多人仍搞不清楚一些醫師相關名詞，故將其解釋如下：

一、經過了激烈的考試競爭，你光榮地考上了某某大學醫學院的醫學系，你成爲了醫學系學生（Medical student）。在台灣，西醫醫學系要修業七年。目前設有醫學系的學校包括：國立台灣大學、國立陽明醫學大學、國立成功大學、私立長庚醫學大學、私立台北醫學大學、私立輔仁大學、私立中國醫藥大學、私立中山醫藥大學、私立高雄醫學大學、私立慈濟醫學大學、國防醫學大學。此外，私立高雄醫學大學設有唯一的學士後西醫系所，提供具有學士學位的人士習醫的另一個管道。

二、中醫部分現有私立中國醫藥大學中醫學院中醫學系及私立長庚大學醫學院中醫學系。分雙修或單修兩種。前者爲中、西醫雙修，修業八年，後者爲中醫單修，修業七年。另外中國醫藥大學設有學士後中醫學系，修業年限爲五年。

三、醫學修業教育可分爲基礎醫學和臨床醫學兩部分。分界點約在修業第四、五年左右。前者以課堂上課爲主，相近於一般大學生活，但大家好奇的醫學專科如

大體解剖學，約在大二、大三左右開始。目前醫師執照考試也分爲兩階段，醫學生在修滿基礎醫學學分後（約在大四暑假開始），可參加基礎醫學考試。要通過此階段考試，始可於畢業修滿臨床醫學學分後，參加第二階段考試。醫事人員國家檢核考試（簡稱國考）每年舉行兩次，惟兩階段都通過，可取得考選部核發之考試及格證書，再以此證書向衛生署請求核發醫師證書及執業執照。俗稱的三師（醫師、律師、會計師）執照考試中，一直以醫師的錄取率最高。但目前由於醫學生的暴增及政策性的控管，考試及格率已下降許多。

四、醫學系在五年級開始進入臨床課程，此時上課地點以醫院各臨床科爲主。課程多由臨床醫師負責。第一階段的身分是見習學生（Clerk，或稱見習醫師），以討論，觀察和上課的多種方式學習，不能執行任何病患侵入性的醫療措施。到了六、七年級，就是實習醫師（Intern or Ri）的階段。根據醫師法的規定，實習醫師得在合格醫師的指導之下執行醫療業務，法律責任由指導醫師承擔。

五、當你畢業，取得畢業證書或同等學力證明，通過兩個階段國家考試後，衛生署將核發給你醫師證書以及醫師職業執照。至此，在法律上，你成爲合格的一個醫師，可以治療照護病患，但相對的，你必須承擔法律上的責任和後果。

六、然而，台灣醫界目前採行的是專科醫師制度，多數的醫學生在畢業取得醫師身分後，會進入各個教學醫院，選擇有興趣的次專科，開始次專科的專業訓練，此時的身分就是住院醫師（Resident，依年資簡稱爲R1、R2……等）。住院醫師是教學醫院的基層工作主力，領固定薪，穿著短白袍（長短白袍和冷熱換季無關），協助主治醫師處理住院病患一切大小事。以學習的位階來看，住院醫師屬於學徒的身分，尤其在外科體系更爲明顯。雖然在教學醫院常聽到主治醫師對病患負較大的責任，然而在法律上，彼此的身分都是醫師，都要接受法律的規範。在醫療糾紛日益增多的年代，這是所有的住院醫師要有的認知。

七、各個次專科修業年限不同，最長的是心臟和神經外科，要六年，最短的是家庭醫學科和一般內科，要修滿三年。通常在住院醫師修業的最後一年，會擔任該科的總醫師（Chief Resident or CR）。曾有朋友問我：總醫師就是科裡面最大的醫師嗎？（別白目了，科內最大的是科主任！）其實總醫師是一個行政職務，約等同於住院醫師的班長，習慣由最資深的住院醫師擔任。總醫師除了要協助主治醫師開刀，還要協調科內住院醫師人力調配，參與科務會議並執行，應付教學評鑑等等，更重要的是要準備接下來的專科醫師考試，他常常是科內最忙的人！（也是最常被主任罵的人，然後他再罵Resident，Resident再罵Intern，以下類推。）

八、完成住院醫師修業年限後，可以參加專科醫師考試，取得專科醫師執照。取得專科醫師後，有成爲主治醫師（Attending doctor or Visiting Staff; VS）的資格。

一旦你所服務的醫院有職缺空出，就可能在原醫院擔任主治醫師的職務。否則就必須離開，往別的醫院尋找職缺。主治醫師，就是你常在醫院看到穿著白色長袍，有自己固定的門診時間的醫師。在職務和醫務責任上，他才是病患的主要照顧者。

醫師之像，雕塑：邱文雄醫師，一九六九年。
"The Doctor", Luke Fildes
（一八四三～一九二七）

02 膽大心細。

曾經讀過的極短篇。

醫學系一年級新生的第一堂課，照例是系內最資深的老教授上課。

一早大講堂就坐滿了一百多位剛出爐的醫學系一年級新生，個個懷著雀躍的心情，卻也免不了交頭接耳的討論著爲什麼教授已經遲到近半個小時還沒到。

終於，教授從大講堂後方進來，順著階梯緩步向前走向講台。他一頭白髮，蓄著短短白鬍，神色自若，右手拿著一只塑膠杯，頓時大家鴉雀無聲。

「首先，要恭喜大家經過了激烈的競爭，順利地通過醫學系的窄門。」教授清了清嗓子，接著說。

「醫生這個工作之所以神聖，因爲面對的是脆弱的生命。生命失去了，就無法挽回。所以身爲一個醫師，面對工作一定要膽大心細。」

「從前的醫生傳說要喝尿嘗糞來尋找答案。我們現在雖然不至如此，但有些時候骯髒程度也相差不遠。」

「現在我手上拿著的，是剛解出來的一杯尿。」

只見教授高舉著尿杯，用手指沾了點尿，然後放進嘴裡。
「現在，請有勇氣的同學，上來做。如果不敢，當然也不勉強！」
同學們你我看了看，不到半小時的時間，居然每個人都面不改色的上前照做了一番。
「很好，各位膽大有餘，但心細……不足。」
只見教授高舉著尿杯，將食指沾了沾尿，然後將中指放入嘴中。

台灣人說：「第一賣冰，第二做醫生。」

03 關於四十歲的醫師。

這個題目，可以分兩個部分來談。
首先是「當醫生」這件事。
台灣人說：「第一賣冰，第二做醫生。」
「當醫生」這件事，對台灣人有著獨特的意義。

在任何開發或未開發國家（或地區），想要短時間致富，最主要有兩個途徑：從政（從有權到有錢），從商（從有錢到更有錢）。然而台灣人從日據時代的異國階級統治（日人，台人），到國府遷臺後的威權統治（一手拿槍，一手拿三民主義），領導階級幾乎以近親繁殖封建式的存在（日人、國民黨人、外省權貴、本省合作階級）。經過了日據警察式高壓統治，以及日後的白色恐怖，「從政」幾乎和「搞革命」劃上等號。對一般民眾而言，政治幾乎是禁忌。挑戰禁忌的成本可能是自身加上親朋好友的生命及前途。而從商一途，尤其在封閉獨裁的社會，不僅受限於商業成本（還包括賄賂各層官員的成本），人脈背景，加上台灣以中小企業爲商

業根基，家庭色彩濃厚。所以支持社會進步最主要的動力：「中產階級」，在當時的台灣是非常脆弱幼小的一層。基於安全和能力的理由，讀書人紛紛投入以爲農及醫爲主的專業。以農業改良爲實業，可以造福廣大處於飢餓邊緣的社會人口，這批人因受用於政府（餵飽百姓是穩定政府的第一要務），成爲日後台籍從政的主軸。而以醫爲專業，一則實現濟世之理想，二則有崇高的社會地位，享有清譽。由於醫師因爲普羅大眾緊密結合，在台灣的歷史發展中，雖鮮少爲達官顯貴，但往往成爲中產階級的領導者。早年台灣社會仍屬貧乏，醫師同時具有專業及財富，領導社會，接濟貧困之事常爲社會美談。所以早年聞名台灣社會的醫師，一方面是醫學上有貢獻（熱帶醫學，毒蛇研究，公衛發展），另一方面就是領導社會運動領導者，如蔣渭水等革命英雄、社會烈士。

只是「英雄」、「烈士」，總是天地不仁，社會野蠻的象徵。

直到近日，二十一世紀，一百多年來，台灣的青年才俊投入醫界的比例，相較於美、日，仍是高得驚人。學醫，當醫生，幾乎等同於求學的第一志願。即使在健保制度的衝擊下（年輕人還不了解前線情況），仍有大批家長鞭策其子女進入醫界。這也是台灣的醫療水準能夠持續維持一定水準的主要原因。

再爛的制度，也要有人才撐起來。

那醫師四十歲呢？

承如之前所述，一個年輕人依照時序完成義務教育，高中、醫學系教育，取得醫師執照，當兵，會在二十七、二十八歲左右進入醫院擔任住院醫師工作。到了四十歲左右，約是第六年（外科體系）或第八年（內科體系）的專科主治醫師。在專業上，是具有足夠經驗，工作體能，成熟技術的專業主力。或許只是擔任低階主管，但是教學、業績、行政等工作，卻不斷落在身上！他們，常是院內熟男群中最忙的一個階層。

而在現今醫界中，他們也是首批接受健保大衝擊的一群。

他們在健保開始實施後進入醫界（健保於八十四年開辦），在健保開始由盈轉虧後擔任主治醫師（健保剛開辦幾年可是有盈餘的）。只是一個註定虧損的制度既不能增加營收（不能加保費），只好死命的剋扣支出（見過要倒的公司剋扣員工薪水的模樣嗎）！所以這個醫界世代，是第一批沒有享受到高待遇（美好的過去，來不及參與）。卻也是第一線面對台灣特有的「民瘁式的醫療服務及公醫制的醫師待遇」（國家設定的醫師月收入約十二萬）。醫界的老師、教授們面對制度現狀的殘酷雖然一樣感到驚訝，卻只能重複那些道德高調：當醫生要有醫德！他們曾經享受過的那些美好的年代，醫師不需要擔心訴訟，更別說是收入。當史懷哲的故事還在醫學倫理課程不斷被強調，現實世界中許多辛苦看病的醫師所受的待遇（精神、制度、訴訟），早已比史懷哲還不如。

在後面排隊的後輩，早就逃的逃，散的散。畢竟領的是健保局、醫院剋扣後的薪水，賠的是美式人命無價的標準。走美容、看減肥，只要能逃離健保魔爪就好。賣養生藥、保養品，賣醫師的「名號」比賣醫師的「專業」還值錢（但持續貶值中）。打開電視常看到同業西裝筆挺的代言（拍一天廣告等於醫院工作三到五個月薪水）。這些人從小到大都是學校的菁英，不會被無情的制度打敗，他們會努力追求高薪高所得的生活，以在這個資本主義的台灣社會證明自己仍是優秀的菁英族群。

「人命到底值多少錢？」我常想。

對法院而言，人命無價！

對健保局而言，請參考「全民健康保險醫療費用支付標準」。

你沒概念？我舉個例子：

小腿骨折（脛骨）從住院、手術、到出院，健保局給付醫院定額約三萬五千元（DRG給付）！你家的小狗腿骨折開刀，獸醫起碼收八萬！

當救命的人過得比除斑的人差，手術開刀的比拔牙的苦，到底是好事還是壞事？

我不一定需要除斑，但總會需要有人救我的命！

更大更高的醫院。

04 關於醫院。

我所工作的醫院，已經有百來年的歷史，中型的公立醫院。

如果問我：這裡最可貴且獨特的資產是什麼？大概是仍保有充滿樹蔭的庭院和停車場，以及入口旁，百年來持續守護著醫院的老榕樹。在強調新穎進步的醫療產業中，已經少有醫院擁有這樣的景觀（你到台大新院門口看看，病人只能在門口旁的小花圃發呆）。

由於早年醫療技術及資源有限，醫院的功能，常常是「休養」多於「治療」。台灣的西式醫學由日本人引進，並以此作爲熱帶環境醫學的研究，以利其南下侵略。有人說，歐洲的建築的精華在於教堂和廣場。於是日人師承歐洲，特別以公共建築作爲其進步（以開化統治未開化）以及權威的象徵。在宗教精神比較不發達的亞洲，政府和醫院等公共建築則成爲每個地區的建築標的。

在電子空調並不可能的時代，醫院環境的設計首重於維持環境的乾燥（藉由日曬殺菌）、通風（空氣對流）。故大面積、及斜角向陽的窗戶、長廊（最有名的就是台大醫院的中央走廊）、水池（造景以及消防功能），配合日式磚造木造結構，

成爲其特色（台中市的街廓多和日曬約成四十五度角，也是基理於此）。然而引進日照也帶來盛夏的酷熱，於是遍植樹蔭的廣大庭院，成爲公共建築的重要部分，尤其是醫院這種提供休養的場所，都配有廣大的樹蔭庭院供病患活動和復健休養。

當然這種經過都市計畫的建設秩序一下子就被歷史的洪流攪亂。經過政府及六十萬軍民遷台的動亂，安置及安定優先於任何規劃，台灣社會經過了毫無章法的數十年建設，用以換取飛快的經濟成長及民生社會的安定。直到衣食足而知榮辱，而後知生老。經濟發展也帶動醫療、醫院成爲飛快成長的產業！更大、更高、生產線式的醫療效率用以服務更多的病患。於是庭院被大樓取代，通風有中央空調，種樹太浪費空間，盆栽就可以補充綠意。雖然規劃有誇耀的空中花園，面對的卻是無止盡的車陣噪音，以及灰濛濛揚起的都市灰燼。隨後醫療制度變革的推波助瀾，醫療院所的形態呈現兩極化的發展：更高更大的醫院，以及很小的診所。當電子工廠在高速公路新竹段不斷出現的年代，比工廠還大的公、私立醫院也陸續出現！單調的，方正的外觀，斗大的醫院招牌遠遠的在高速公路就會看見（救護車絕對不會錯過）。一進大廳，如百貨公司週年慶的人潮，有匆忙的，搞不清楚結帳檢查住院門診方向的，以及成群晃過的白衣人等等所組成。地下室有整條商店街，除醫療物品外，吃（各色餐廳）、喝（生機飲料吧）、玩（書局、美容院等）、樂（服裝購物

醫院門口的百年榕樹。

等）及金融機構應有盡有。

樹？成了不可能的奢侈品。

根據《建築師雜誌》曾經刊載的台大醫院建築報告（宗邁建築師事務所），當初台大新大樓的建案「缺乏可參考之類似件案」。先進國家甚少有如此大型的醫療建築，因為：「不符合人性」！

根據調查，最符合人性的醫療照護的醫院，規模大約在五百床左右。

台大醫院約二千床。

台北榮總約三千床。

林口長庚醫院約三千四百床。

每天早上，走過垂垂老矣的大榕樹，日據時代的病房只能在院史館的老照片中回憶，取而代之的是歷任雄心萬丈的院長辛苦爭取來的醫療大樓，無奈的是「單調，一個樣」成為唯一的特色。

還好，下班時候還有機會撥去車上的落葉，聽著車輪踩過樹葉的聲音。

而病患，還有機會坐著輪椅離開室內，到戶外庭院走走。

05 血汗工作。

「健保這樣對你們醫師，實在是太爛了！」鐵人二十八號忿忿不平地說，眞是我的好麻吉。

「那，增加點保費如何？」我說。

「這……還是不要吧！」他想了想，吞了口海尼根。

這是一個血汗的工作。

「病人流血；

醫師流汗！」

當一個骨外科醫師，最常被問到：

「看到血不會怕嗎？不會暈倒？」

坦白說，我眞的從沒有想到這個問題。

有些事情，就像飛機起飛那樣的必然吧！

剛開始抽血，只想著有沒有戳中血管，看到鮮血自然地流出，反而是鬆了一口氣的感覺。

第一次進開刀房，身爲一個實習醫師，常常是整個人被肅穆的氣氛所籠罩。至於怕不怕？說實在的，擠在一群學長醫師之間，身爲輩分最低的實習醫師，常常只負責出一雙手拉鉤（用器械鉤開手術傷口讓主治醫師能看清楚手術區域），有時根本連開刀傷口內發生什麼事都看不到！怕？完全沒想到，只希望這手術能趕快結束，讓早已麻痹的雙手能夠恢復知覺。

等到身爲住院醫師（也就是手術中的第一或第二助手），常常急於把眼中所見、手中所做的刻骨銘心地記下來。「隨時要有自己主刀的心理準備！」是前輩醫師常說的叮嚀！

直到身爲一個主治醫師，由於背負病患及家屬深切的期待，一心一意地只想順利完成這個神聖的工作。專心，或許是拒絕恐懼最好的方法。

另一個讓我不曾害怕的理由，或許是血液本身。

在西方的醫學中，血液是生命的象徵。
和生命在一起，如何會害怕生命呢！
生命的另一種表現，是血液的溫度。
即使透過手套，你可以感受傷口流出的血液，是帶有生命的溫暖。

曾經，也有生命在我手上失去。
當你碰觸沒有生命的軀體，
感受的，不只是失去生命應有的溫度而已，
而是「冰冷」！
會把雙手溫度吸走的冰冷！
即使隔著手套。
我想，
那是生命的告解，
是醫師的警惕，
和無奈。
（但健保不給付。）

06 開刀房。

對一般人而言，開刀房是個神聖又神祕的地方。

對於不曾是手術病患的普羅大眾，能夠最接近的位置，只是門口大鐵門打開後的櫃台（開刀房護理站）那個區塊（轉換區：手術室護理人員和接送護理人員交接班，麻醉科醫師或手術醫師和家屬病情說明的區塊）。在此放眼望去，一樣是謎樣的長廊或另一道大鐵門，醫護人員穿戴著制式單調的帽子口罩以及「手術工作服」（這不是無菌衣！開刀中穿的才是無菌衣）。

簡單的說明，讓大家能了解這個生活中少數的禁地。

開刀房分爲幾個區域，第一個就是大門護理站區域。這個區域屬於非無菌區，來來去去的各式醫護人員（外科、麻醉科）、家屬、醫院接送病患的護佐。核對資料，確認病患手術前準備（包括衣物換置，身上所有物件移除），說明病情，或醫師解釋手術過程及發現，都在這個區域。之後，家屬離開到手術房外的家屬等候區。此處會有顯示病患流程的螢幕，狀態會由「準備中」進入「手術中」。

醫護人員全部是頭帽、口罩及工作服（不是無菌衣）。頭帽，避免毛髮及皮屑掉落，口罩阻隔飛沫。工作服在受到汗血污染後統一由醫院送洗消毒。眞正能接觸手術範圍的，是最後穿上的無菌衣，以及層層戴上的無菌手套。

病患的假牙必須移除（避免氣管插管時變成異物掉落氣管或食道），鬆動牙齒必須告知麻醉科醫師。身上所有金屬飾品必須移除（因爲電器燒灼器會導電，可能造成佩戴區域皮膚導電燒傷），不易拔除的手鐲或玉鐲若恰好在手術消毒部位，則考慮捨棄，否則必須承擔較高的手術感染風險。

「手術中」表示病患由護理人員送進手術室。通常病患進入手術室的第一個感覺就是「冷」，「很冷」！

這有兩個理由。

第一、病患之前退去所有衣物，身上只穿著一件綁帶式的手術衣，再覆蓋上保暖被。而進入手術房後第一件事就是由一般病床（軟，大）挪到手術床（狹小，硬，但墊有電熱毯保暖）。過程中很容易覺得冷。尤其是虛弱及外傷病患，感受更明顯。

第二、開刀房空調。由於要維持無菌的關係，先進的開刀房都是採取負壓空調，並維持持續的負壓對流（退伍軍人症就是由空調傳染）。而醫師身上穿著工作服，套上無菌服，有時甚至要穿上防輻射用的鉛衣（完全不透氣，爲使用手術用X光機），套在外科醫師胖胖（壯壯）的身材上，空調溫度一定要設夠低，否則醫師就像蒸熟的粽子冒著熱汗氣。畢竟汗水若滴到打開的肚子內，可不是鬧著玩的！

冷！電毯和保暖被會讓你感到溫暖。如果是全身麻醉，注射入引導藥物後你就會失去知覺。若是半身麻醉（即脊椎麻醉。短時間，下半身手術時採用），你必須先側躺，由麻醉科醫師用細長針將麻醉藥打入脊椎腔內，先是熱熱麻麻的，然後下半身會失去力量及感覺。

你不會看到手術傷口！

因爲你身上會鋪滿無菌布單，將你（非無菌）及手術部位（無菌）分隔開。如果是半身麻醉，你唯一看得到的是監測你生命跡象的麻醉科護士。避免病患「感受手術過程的一切」，也可以減少病患的手術中的不安及恐懼，產生對麻醉及外科醫師的干擾。

還是發生過病患透過金屬天花板的鏡面「親臨」手術過程！

當你第二次感受到「很冷」，就是在手術完成後，從全身麻醉甦醒的過程。由於麻醉藥物造成血管的擴張，一旦感覺恢復後，常會伴隨不自主的冷意及顫抖。夾雜著模糊的意識，氣管插管的喉部刺激，麻醉醫師的呼喚，護理人員的抽痰動作，以及開始感受傷口傳來源源不絕的疼痛感，是身爲一個全身麻醉病患最痛苦的一個時刻。熟練的麻醉科醫護人員會將這個過程縮到最短，隨著氣管插管順利拔除，適當保暖驅寒，以及身體自我衡定機能接手後，病患會再度進入虛弱疲倦的安寧中。

之後，病患會被轉送到恢復室，觀察無礙後，由此送回病房休息。手術器械由護理人員送到器械部門清洗消毒後送入庫房。醫師可至開刀房內的休息室休息，清潔人員則馬上進入手術室清除髒污，送洗單布。

開刀房又迅速地以整齊乾淨的態度，迎接下一場嚴肅的挑戰。

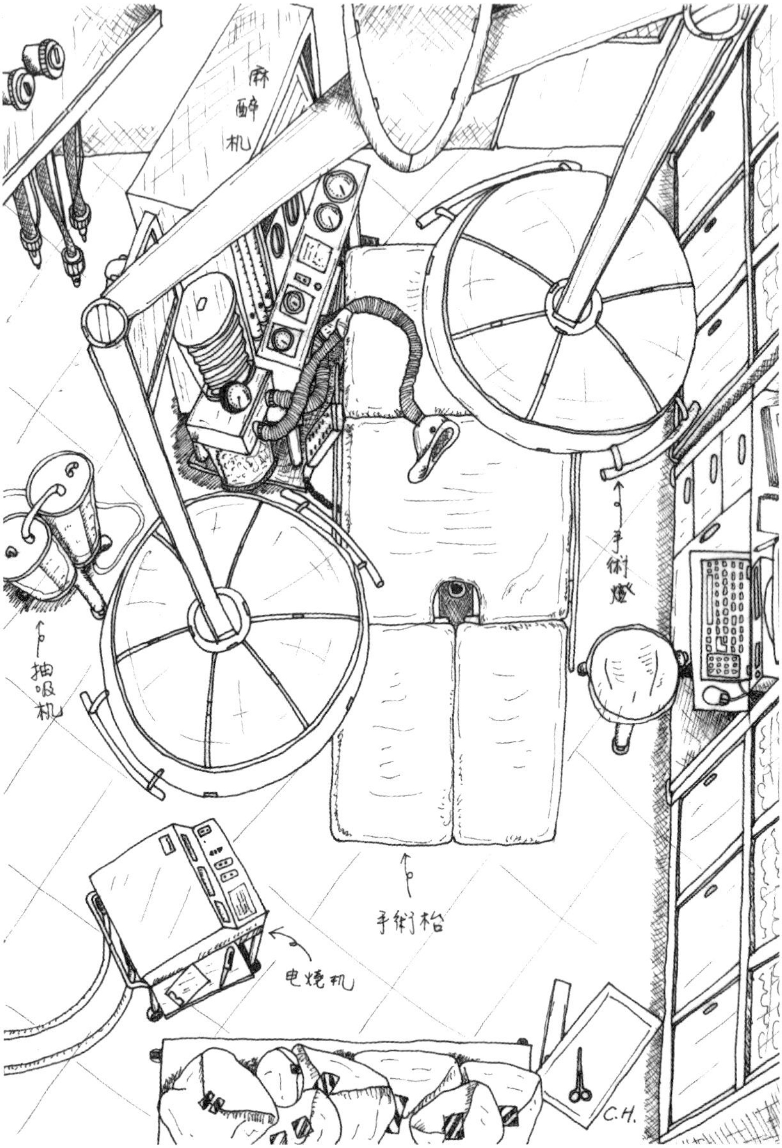

開刀房以整齊乾淨的態度，迎接每一場嚴肅的挑戰。

07 在女人堆裡上班。

大學同學在醫學中心完成專科醫師訓練後，老婆強硬地要求他到外開業。理由不爲賺錢，是因爲：醫院是女人堆。

這也沒錯！

在醫院放眼望去：醫師，當然男士居多；但除少數勞力性的護佐（急診護士，精神科護士，手術助手）由許多男性護理人員擔任外，其他如護士，臨床助理，技術員，藥師，開刀房護士等等，幾乎都是以女性爲主。就臨床實務而言，女性溫柔的陰性特質適合醫院要提供的溫暖安全感受（你總不想昏迷醒來看到滿臉橫肉的「護士」）；加上早年醫師名額不多，工作辛苦（時間長，不穩定），女性醫師往往會面臨家庭無法兼顧的困境（傳統女性不論事業如何，常被要求家庭兼顧），於是男醫師帶領女護士成爲常態。

所以醫院眞的是女人堆。

很爽嗎？不要想歪！（日本A片不要看太多！）

首先，你要先看看自己！長得像白色巨塔的言承旭嗎（可以吸引三十歲以下的）？還是戴立忍（包辦三十歲以上的）？不像對不對！沒錯，大部分的病患都抱怨醫生長得比較像年輕的吳孟達！

反過來呢？護士也沒有幾個像林志玲（她是住過院，但可不會在醫院上班），大部分還是戴口罩，露得愈少愈好看！

既然彼此都有點失望，所以很公平。某些帥的、美的特例，也不太會影響醫院運作。醫院還是醫院，照顧病患的地方。

撇開異性的角度，在女人堆工作，你就要適應某些「環境特質」。

首先，女性是比男性更具團體性質的動物。由生物學上來看（常看動物星球頻道），個體弱勢的生物一定是藉由團體的力量來打敗掠食者！所以女性多營團營派。而一個單位的女性團體又會分成主團體、次團體。還會因為重點屬性不同，而分為工作或異性緣的主次團體。

由工作產生的主次團體，以擁有權力的護理長或督導為主，但不一定為首。因為護理人員長期處於醫療輔助的角色，不是所有主管都能由工作中培養出領導特質，所以有時大權會旁落到旁邊精明能幹的資深人員。男性也會由權力的大樹分成主流（紅的）或非主流派（黑的），但男性的權力結構特色常常給人「權力分明」的印象。「感情（同性的）」，在男性的生物行爲指南中，是標示爲危險且不可靠！然而在女性的權力結構中，感情卻占著頗爲重要的因素！一個得力的助手往往也是主管感情脆弱時的同性倚靠。而男性的權力結構崩壞往往由於分贓不均或權力轉移，但女性的權力解構常會再加上「密友感情決裂」的因素。

而異性緣的主次團體，則是女性的生物天性。一個以美麗外表爲生物特徵的族群，自然會形成公主和隨從的行動結構。從可愛的小女生進入幼稚園的團體生活開始，漸漸的就出現生物領導，以及外圍結構（如蔡依林和擋鏡頭的女助理）。這個結構會不斷茁壯，隨從也會變公主（女大十八變嘛）！然後進入社會後，維持在每個工作單位（護理站）有一個（最多兩個）的生態平衡。

根據上述的學術分析……什麼？看不懂？

簡單來說就是：在女人堆工作，你只要惹火一個人，就等於惹火一個團體！

你以爲當醫生了不起嗎！不要忘了，沒有穩定的下層結構（護理人員）幫你執行醫囑，你等於是口腔科醫師（oral doctor，只能出一張嘴）。除非你有個俊美的生物外表（注意，公主在看你），或是可以收買人心的權力職位（護理長也要讓你七分），否則當你開罵了一個護理人員後，隨之而來的將是整個團體的敵視眼神（羚羊群也會變成鬣狗群）！

另一個尷尬族群則是女醫師。首先，她們在醫院的醫師群很難成為團體（一個科很難有超過三個以上的女醫師）。其次，醫師的養成以「成為醫療團隊的領導者」為目標，使得女醫師得拋棄生物上的群體性，在工作上習慣孤獨。因此，在面對廣大，同為女性同胞的護理人員，她們很難成為主團體的公主（因為工作職位的距離感）。甚至，會成為公主的生物競爭者（女醫師因為工作的優越感導致對象選擇狹隘），都在等待言承旭般的男醫師。

最後，言歸正傳。醫院的服務品質，首先是把病人的病看好，病人才會注意醫師帥不帥，護士漂不漂亮，親切不親切。（痛苦得要死，哪管那麼多……）醫師領導醫療團隊，首重適任與能力。人雖皆好美色，但「好看的無能之人」更是氣人。女性的生物性以及從小的教養，常常會期待被照顧和體諒：生理期不舒服，和男朋友吵架心情不好（男生通常會壓抑，不敢把情緒帶來工作），你糾正她的時候語氣不好……等等，你都要對她展現出容忍的態度。「生氣」，是上天賦予她的自然權力，管你是不是正在上班（她是這樣自我感覺良好的）！

不要覺得不公平！

平心而論，你不也常常坐著假寐，卻暗暗欣賞著上帝創造的這群美麗的生物，在你身旁魚貫而過……

想要有直昇機
想要和妳飛到宇宙去
想要和妳融化在一起
融化在銀河裡
我每天每天每天在想想想著妳
這樣的甜蜜　讓我開始相信命運
感謝地心引力　讓我碰到妳
漂亮的讓我面紅的可愛女人
溫柔的讓我心疼的可愛女人

透明的讓我感動的可愛女人
壞壞的讓我瘋狂的可愛女人
世界這樣大而我而我只是隻小小小的螞蟻
但我要盡全力全力全力保護妳

——周杰倫《杰倫（Jay）專輯》〈可愛女人〉

周杰倫唱了，
我想著。

醫院是女人堆。

08 — 醫學會。

醫學會，聽起來很專業喔。

最早的醫學會，起源於醫師們討論病情，腦力激盪的場所，如源起於法國的時尚沙龍。十八世紀起源的現代西方醫學，著重於科學分析，證據發現，確定治療，以及療效追蹤。當時的檢查檢驗有限，最主要的發現來自於病患的觀察及記錄。於是詳實的病例記錄以及反覆的辯證討論，成爲醫學會的主要目的。隨著醫師人數增加，醫療領域擴大發展，專科制度形成，於是各專科醫學會紛紛成立。除了專業領域新知發表，病例成果分享外，亦加入了會員聯誼，興趣交流（如台中市醫師音樂協會）等次團體，維繫感情，增加團體意識。

然而，醫學會有幾個特色。

首先，醫學會是屬於學術性質的「學會」，不是「工會」。雖然各縣市都設有醫師公會，但此「公」非彼「工」，其職守在於管理醫師證照及執業（法律規定醫

師執業一定要加入公會）。這是因為勞基法一開始就把醫師排除在外（大家都覺得當醫生很爽，怎麼會需要保障加班費及基本工資），亦被禁止罷工，及設立「工會」。醫學會及醫師公會都是不具「工會」性質的團體。

其次，各式各樣的醫學會都是人民團體。任何人只要符合法律規範都可以向內政部申請成立醫學會（健保給付很少，以專科認證來限制）。舉例來說：

這幾年美容整型大為盛行，一方面自費醫療不受健保局箝制，以及民眾接受度增加，使得市場大幅成長。由於傳統制式美容醫療訓練來自於整型外科（要開刀的美容），以及皮膚科（不動刀的美容）。前者要訓練六年，不但員額少且訓練辛苦，專科醫師考試又困難；後者則門檻高大（以前門可羅雀，現在門庭若市），連進入都很難。

於是一些結合體制外訓練（歸國醫師，無法進入美容整型的醫師）便結合創立了美容專科醫學會。配合整型廣告的刺激和流行，市場業績蒸蒸日上。陸續吸引許多健保壓迫下的各專科醫師加入美容產業，紛紛加入美容專科醫學會。（大概除骨科醫師以外都加入了！骨科和美容？畢竟太牽強了！）

如今美容專科醫學會的規模反而數倍大於整型專科醫學會及皮膚科醫學會。加上其會員醫師都是具有開創市場的雄心，配合強力的宣傳，反而有後來居上的趨勢。

重點是，

媒體也搞不清楚，

民眾更搞不清楚。

最近幾年，由於醫界大老紛紛年屆退休之年。為了延續尊師重道的優良傳統，陸陸續續有許多新的醫學會成立。眼花撩亂，也不免有疊床架屋之嫌！（外科醫學會 vs. 微創外科醫學會；上肢醫學會 vs. 下肢醫學會；右眼醫學會 vs. 左眼醫學會；左腳 vs. 右腳；左手 vs. 右手……）

無所謂，大家高興嘛！

「眞糟糕，人只有一個胃一個肝！」台北Michael哥說。

「還好人有十隻手指！左拇指醫學會，右拇指醫學會，左食指醫學會，右食指醫學會……」

「我還有機會。」我說。

09 醫學會議。

每年每月，都有許多醫學會議在各地飯店，醫院舉行。
各個專科醫學會都會舉辦年會（一到兩次不等）。
各個次專科醫學會幾乎都有獨立年會或參加聯合醫學會。
各個醫院也會承辦不同醫療主題，醫學教育的研討會。
藥商，器材商等相關醫療商品產業也會配合產業上市，結合醫療人員舉辦研討會。

另外還有比較特別的：
當醫師涉及醫療訴訟時，由於涉及醫療專業，司法官會將案件送交醫事評議委員會考評（結果僅供法官參考），也算是一種會。

基本上，除了最後一種比較可怕外，醫學會都是輕鬆愉快的活動。這點可能會和民眾的想像不同。（醫生不都是活在白色巨塔的醫龍！）醫學會除了學術發表外，醫師們要繳交年會費。會場提供茶點晚宴，醫師們互相聯誼（互吐苦水），聽

聽有興趣或交流擅長的領域新知。早年網際網路不發達，醫學會更是少數接觸國外醫師交流的機會。能夠請到國外大師級的醫師來台演講，更顯得學會理事長的人脈充沛。如今世界交流頻繁，台灣的醫療水準更不在他人之下，這種大師蒞臨的盛況多半是榮譽性質（大師也都老了，難得舟車勞頓），或用以顯示和國際醫療的同步。其實許多客座學者反而是來台聽取經驗（台灣的醫療服務一直都是以量制價）。近年來尤其是亞洲（台中日韓）、印度地區的交流日益頻繁，醫學會也顯示出各種口音英文雜燴的有趣現象。

台灣的醫學教育一直都是以英文爲主，用以顯示國際觀和方便學術交流，但民眾看不懂，也是常被批評的一點。大陸地區開放崛起後，西醫的學術語言完全中文化（包括病歷書寫），名詞對照常常讓本地醫師有種新鮮莞爾的感覺。然而大陸醫師以中國崛起的旺盛氣勢爲支持，老一輩的醫師雖然仍是虛懷若谷，謙沖有禮，但年輕醫師在各醫學會常常是志氣滿滿（我一個月開的刀就比你一年開的多！），躊躇滿志。日本的醫療體系別自成封閉一格（台灣的七年制醫學教育就是承襲日本），教授學生的師徒學習制度嚴謹，日式英文常常是特色也是笑點。韓國雖然因爲一九九七金融風暴重創，但因爲台灣社會泛政治的炒作紛亂，兩岸政策擺動不穩，使得韓國後來居上，成爲許多歐美醫療產業進入大陸市場的門戶。相對於大陸而言，韓國有更法治的社會體系，完備的金融服務，使得許多醫療產業以它爲東北亞的據點（東南亞是新加坡）。加上韓國整型產業大盛，吸引許多各國醫師前往觀摩學習。

相對於上述各國，台灣對印度仍感陌生。社會印象常常囿於階級制度產生的貧困階級。然而身爲金磚四國之一，印度不僅是電腦軟體產業發展，醫療產業及醫師的素質亦不斷提升。

其實另一股積極促進醫學交流的力量，是來自於歐美的醫療產業。由於把亞洲視爲一個潛力無窮的市場，發現透過醫學會的經驗交流，在以嚴謹安全爲前提的醫療產業，是最有效益的產品行銷方式。於是許多歐美廠商開始大方的贊助醫師跨越國界參與各國醫學會，使得世界各國醫學會愈來愈多元化和國際化。

如今的醫學會，常常是台式、日式、印度式英文（以上屬於比較聽不懂的）和北京式、年輕人式的英文此起彼落的熱鬧場景。說得零零落落，問得稀稀刷刷，聽得揮揮煞煞，都是說英文！也爲這繽紛的國際交流，增添一點趣味！

一次，台北Michael哥說了他醫學會的經驗。

「當天包含兩位外賓，大概有三百人聽演講。」他說。

「演講前，爲了表示歡迎及尊重受邀的兩位國外貴賓，主辦單位特別要求演講者以英文演說。」
「如果用中文講，應該只有兩個人聽不懂吧。」
「結果用英文講，三百個人都聽不懂！」

10 醫界大老闆：健保局和全民健保。

如果有一群醫師很熱烈地聊著天，個個滔滔不絕，那他們一定在聊健保！健保好不好？這是民眾最常被問到的問題。

要了解一件事，還是從歷史演進開始。

民國八十四年三月正式實施的全民健保，可說是台灣醫療史上最重大的事件。在這之前，台灣的醫療保險主要以農、勞、公保以及榮民就醫的補助優惠爲主，加上民間各式保障不等的醫療保險。而全民健保的規劃實施，有幾個時空背景。

第一是經濟上的基礎：台灣從六零年代的經濟起飛，到八零年代的電子業大鳴大放，人民及政府都累積了大筆的資金，於是有了實施全民健保的經濟基礎。

第二是政治上的趨勢：由於李登輝政府已完全拋棄反共統一的敵對想法，政府減輕對國防的比重，增加對社會及公共事務的支出。加上政黨政治形成，福利政策成爲最佳的宣傳工具（政策買票）。

第三是社會的需求：威權解體，社會力量釋放，對於福利社會的呼聲日益高漲，政府為了呼應社會需求，也增加選舉利多，於是順勢推出全民健保。

終於，不論醫界反彈或社會上質疑（因為是強制投保，猶如納稅義務），在李登輝政府的強勢領導下，全民健保正式於民國八十四年三月正式實施。

成立全民健保局，採公辦民營（政府出資，民間保險公司形式）。全民強制納保，由政府、雇主、個人分攤保費。依所得分級繳納，非依使用量繳納。人無分貴賤，醫無分好壞，一視同仁。

醫院依等級給付，同一治療以醫學中心給付最高！於是醫院評鑑順勢產生，用以區分醫療等級，推動轉診制度。

對於醫療支出，採取浮動點值給付，給付對象為特約醫院。並以醫療及行政核刪，控制醫療費的成長。

民國八十四年迄今，健保及健保局有幾點變革：

一、健保局的改組：由於開始採公辦民營的方式，只要保費收入增加（績效增加），依照保費一定比例提撥的獎金因此也增加。造成一個奇特現象：即使健保收支從負成長，惡化到年年虧損的情況（營運不善），健保局人員仍領取高額的獎金（九十三年三．八三個月，平均每位員工二十二．五萬元；九十四年

四．二一個月，平均每位員工二十四．九萬元；九十五年四．一八個月，平均每位員工二十五．六萬元）。不僅民眾觀感不佳，使得政府打破「提高保費救健保」的算盤。於是中央健保局於九十八年改組，納入衛生署的下轄單位，成爲完全的政府單位。

二、總額預算的實施：由於轉診的失敗，醫療及行政核刪無法完全遏止醫療費用的膨脹，於是引進總額預算方式。簡單說：不論醫院提供多少服務量，均採定額給付。可允許上下四%的波動。由於成效斐然，於是又陸續加碼有藥費總額，檢查指標等等。因爲總額預算的實施，健保局終於能把醫療費用的年成長率，控制在三～四%。

經過了十幾年，健保納保率已達九十六%以上（除美容外，台灣已無自費診所），年支出約四千六百億（每年約成長一%），其中九十七年赤字約二百八十億，九十八年赤字約三百二十四億（健保局當年的獎金預算是五．一億）。台灣成爲先進國家中醫療費用最便宜的國家。由於健保禁止醫師向民眾收取額外費用的善意，卻也導致健保必須包山包海（畢竟醫療產業不斷在研發進步）。便宜，又包山包海的醫療，無形中鼓勵民眾就醫（看病拿藥還比去藥房買藥還便宜）。加上醫師不斷詐領健保費（健保局說法），於是健保局的赤字不斷攀升，已經形成一個無底洞。

所以十幾年來，健保局始終只有一個目標：「抑制醫療支出」！開源節流？開源（增加健保費），不可能（尤其是健保局長改為公務人員後）！

只好拚命節流！

不必擔心，健保局永遠保證不會影響病患就醫權利，更別說漲保費（小漲還敢，但杯水車薪）！於是所有的措施及政策都是針對醫院及醫師。雖然醫療院所和健保局屬於保險特約關係（合約內容修改須雙方同意，否則可要求解約），但是醫院一旦失去健保特約，等於無法在台灣生存。健保局隨時都可以行政命令增加規範，醫院不敢不從。於是產生一個怪現象：即使每年看病超過三百次的病患，健保局只會道德規勸，但對於醫療院所及醫師，則想盡所有辦法剋扣醫療費用。

健保局成爲醫院和醫師的太上皇！

由於幾近於社會福利的社會保險，使用者不是付費者（薪資階級支付老、幼階級的所有醫療費用），使用再多，保費一樣多（醫療給付無上限，管控只對醫療端），但年年虧損，赤字不斷擴大（如果是一般公司早就倒閉了！）等等特色，使得全民健保成爲台灣民瘁政策的代表，成爲民眾和政府擁有「最病態的美好」！

民眾反應如何呢？

生過病的：「還不錯啦！可是爲什麼國外最新的藥還沒給付？」（人心不足蛇吞象！）

少生病的：「一整年沒看過病，還要繳那麼多保費，居然還要漲保費！藥價黑洞，醫師詐領健保費等等，趕快去給我追回來！」（不怪他，因爲出錢的沒享受到！）

健保局：「都是醫界浮報醫療支出！健保局努力保證民眾的就醫權利不變！」（永遠是官方說法。）

醫院：「一定遵照健保局規範辦理。其餘的是醫師個人行爲！」（還有得賺，還是乖一點！）

醫師：ooXX##（不用說，因爲沒人會聽！）

健保有多好，你看那麼多醫師都逃去搞美容就知道了！

11 醫院例行記者會。

不知道什麼時候開始，醫院有「例行記者會」。

由於醫療法有規定，醫療產業「禁止廣告」。（可是我們從小到大都看得到「藥品廣告」，這就是台灣！）許多報章雜誌的醫藥版僅止於醫護人員投稿或醫藥記者專訪。然而隨著八卦媒體的發達，這種強調專業的報導似乎不能吸引讀者興趣（年輕人的文字閱讀能力每況愈下）。而醫院競爭日甚，於是公關室突然發現「病例發表會」似乎是提升醫院形象、醫師能力的一大利器。於是針對各式各樣的病例，召開記者會，邀請各媒體記者，給予稍加誇大的病情，神乎其技的療效，並邀請病患蒞臨現場，帶著一點羞澀，誠懇地感謝醫師的照護。

對於記者而言，"This is the best time!" 這些真是天上掉下來的禮物。不用辛苦跑新聞，各家醫院爭著請你來，把新聞丟給你。記者會多半是固定時間（不必在三更半夜來急診報導），少有不定時工作。如果是科技新知（新知？網路上多的是），交情好的醫院版面可以擺大點，交情差的就幾行字。如果是鹹溼腥羶的話題病例，別說是擺醫藥版，社會版、頭版都可以。（把大東西塞到身體的小洞啦！愛

愛的時候受傷！馬上頭版！）一個高興給，一個高興寫，皆大歡喜！

其實，最早眞的不是這樣的。

早年媒體管制時代，醫院的記者會是大事（最典型的例子：忠仁忠義連體嬰分割）。醫師基於本身的專業素養要求，非眞屬於「聞名海外」，至少也要「國內之先驅」才有記者會之發表！這種記者會幾乎等同於社會輿論頒贈的「無冕嘉獎」。當然，這種場面多集中於醫學中心。否則醫師爲了博取名聲或醫院單爲廣告所做的媒體發表，在以嚴謹自律爲榮的醫界，很容易引起負面的批評。

然而，隨著醫界人數爆炸，醫藥利潤日微，醫院拚命薄利多銷的情況下，上述的醫學倫理制約，早已蕩然無存。爲了吸引更多的媒體目光，提升醫院名聲，滿足記者寫稿需求，記者會的內容，往往是新聞性大過醫藥性（不再是醫藥的新聞，而是發生於醫院的社會新聞）。以暢銷的「水果日報」而言，完全打破傳統的醫藥版編排，而是以醫藥社會新聞的方式來報導。配合彩色的醫療照片（肛門塞了按摩棒的X光片，愛愛時洗手台爆裂割傷照片，青少女懷孕以爲變胖，廁所產子等等），什麼病變得不重要，特殊的病史、罕見的病例（小朋友中風，年輕人骨質疏鬆），能吸引社會驚歎號的題材才重要。

於是外科拚命號稱：「新手術，新技術！」內科拚命喊著：「很罕見，要注意！」每次開完記者會，門診就多了許多驚慌而至、沒病的病患，（健保看病便宜！）年輕人要求做骨質疏鬆檢查，因爲報紙寫的症狀他好像都有；急診跑來要求做電腦斷層（CT）甚至磁振造影（MRI）檢查，因爲被乒乓球打到頭，擔心睡到一半會死掉！

當你細心解釋了半個小時後，說：

「不需要過度擔心，懂嗎？」

「懂！」他說。

「那你還要做檢查嗎？」

「要！」他不耐煩地說。

「00XX##%%……」

（反正健保局說民眾有就醫的權力。）

每當公關室又打電話問：「有沒有特殊病例？你們科很久沒開記者會了！」哎，接到這種電話，都有點後悔當年怎麼沒選擇泌尿科或婦產科！至少比較容易和鹹溼沾上邊（常常是病史精彩，治療簡單；而小弟走的是骨科：病史簡單，治療複雜）。

曾經，也期待撥亂反正，以正視聽。於是為記者會準備許多專業的書面資料，希望記者諸公能本於為公眾衛教和提供民眾正確醫藥觀念報導，結果：

「醫師，你這樣我們很難寫稿耶！」記者諸公不耐的說。

醫院公關看氣氛沈悶，連忙開個話匣子：

「醫師興趣是騎重機……」

果然引起一堆感興趣的問題！

結果隔天一看報紙，連我都嚇下了一跳，完全沒有病人的報導！

標題：

「醫師工作壓力大，坐擁百萬重機，騎車紓壓！」

P.S. 其實我不覺得工作壓力大，而重機也不到百萬價值；重點是：我不飆車。

12｜解毒醫藥新聞。

既然前面說了醫藥新聞的光怪陸離和眞假氾濫，於是在此稍加整理，將媒體報導容易引起恐慌和誤導民眾的幾個方式加以釐清。

首先民眾要有幾個認知：

現代醫學雖然日益千里，但仍是能力有限，醫學仍充滿無限未知。所以我們仍無法擺脫生老病死的命運！

現代醫學只能治療「已經發生的病」，無法阻止「未發生疾病」的發生。也就是任何診斷和檢查都是以病患的症狀及徵兆作爲引導。預防醫學有其價值，但多在公衛統計上有意義。任何檢查都是爲了印證症狀及徵兆，並基於醫療專業的基礎才有意義。尚未發生的事情，再多檢查都是浪費。

現代醫學強調的是證據醫學。一個人治療成功不等於發現療法（科學邏輯的基本要素：實驗必須能被複製且成功，才能下結論）。然而醫學在商業化、產業化的推波助瀾下，任何新奇，尚未被完全接受的治療常常被披上醫學新知的外衣，倉促上市，民眾爭先恐後（人人都怕成白老鼠，卻常常爭先恐後變成白老鼠）。

歷史上醫療相關的蠢事多的是：

多少中國皇帝都可能是死於長生不老或滋陰補陽的丹藥（重金屬中毒）！

歷史學家懷疑華盛頓可能死於放血療法（當時放血療法盛行）。

十九世紀的歐洲社會，把含放射線元素的飲料當成蠻牛！

如今每天打開報章雜誌，到處充斥著醫療廣告（只有政府主管看不到），其次是號稱醫療新知（各醫院醫師召開記者會介紹最新的療法），再來則是罕見新奇的病例（如大瓶塞到人體小洞）。其實仔細思考，誇大的新聞不外乎幾個模式：

一、以罕見個案代表結論：如斗大標題寫著「關節酸痛，竟是骨癌！」骨癌當然會導致關節酸痛，但是關節酸痛的原因有十幾個，但骨癌卻是發生率很低的一個。而骨癌最明顯的症狀並非關節酸痛。

二、以低發生率代表常見情形：如「國小學童跑步，突然中風！」年輕人突發性的腦出血，和傳統的中風原因不同。常見的是先天性動靜脈畸形，加上血壓突然升高發生，確實是屬於無法預測的悲劇。然而其發生率並不高。（健保如果想早一點破產，就把全台灣的年輕人都捉來做「篩檢」。）

三、不對等的因果關係；如「二十歲女性每天喝可樂導致骨質疏鬆！」報導一出，門診擠滿要測量骨質疏鬆的病患（沒病的病患）。然而，年輕人若真有骨質疏鬆，通常是有荷爾蒙的問題（如：副甲狀腺）。可樂含咖啡因，會將鈣離子帶出細胞，但是藉由人體的自我衡定，胃腸就會增加鈣質的吸收，（除非你有嚴重的偏食或營養不良，慢性腹瀉……）而鈣片、維他命，若沒缺乏，吃再多也用不著（今天吃再飽，明天還是會餓）！

四、誇大的病症及病程：可悲的是，這種標題常見於「醫療糾紛」！如小孩子接受先天性心臟修補手術，報導常是：手術前活蹦亂跳，手術後變植物人！其實先天性心臟病嚴重的小孩，活動力差和發酣的情形常常是愈來愈明顯（否則家屬怎麼可能同意接受這麼重大的手術）。不幸手術失敗（畢竟是重大手術），實在不是醫病雙方樂見。然而糾紛既起，這種報導只會加速醫病的對立，實無任何助益。

五、穿鑿附會地解釋醫學名詞：最常見的大概就是「過動兒」的討論吧！電視媒體常常看到名嘴主持人口沫橫飛討論，把左鄰右舍親朋好友的調皮小孩都舉例了，無非就是繞著過動兒三個字打轉，卻不見一個小兒神經科醫師受邀做專業說明！講得愈多，誤導愈重，隔天又是一堆心急的父母帶著小孩去治療「過動症」。

其實這種因為醫療行銷發達而導致的毒，國內外皆然。然而國外因為就醫費用高，醫療較不方便（台灣是全世界就醫最方便的國家），於是社會上有許多大眾保健醫療叢書可以參考（書，畢竟比報章媒體嚴謹）。民眾一旦具有基本的健康觀念，就比較具有辨別力。然而台灣民眾一方面缺乏自我探求的習慣，閱讀耐心差，另一方面貪圖方便（看病便宜買藥方便），而醫師因薄利多銷，也缺乏衛教耐心，便形成這樣的大環境。

「誰是發明疾病的人？」德國的著名醫藥記者——尤格·布雷希這樣問著大家。

「？」

「醫生（現代的醫療產業）。」

13 給醫界後輩的一封信。

這封信，是寫給即將進入醫界，或和醫界發生關係的你（醫師的父母、夫妻、男女朋友……）。

親愛的你：

首先，還是恭喜你即將進入醫界。

我，是一個進入臨床醫界十二年，擔任主治醫師七年的骨科醫師，應該夠你稱一聲「前輩」。於是在此，前輩有些話，想對你說。

這些話，課堂聽不到。因爲教授們的時代，已經過去了。課堂裡依舊傳頌著史懷哲和南丁格爾的偉大。的確，崇高的道德教育，是學校必須做的。但是對於殘酷的事實，不一定有改善。如同太鹹的湯，加糖並不會改變味道。

對於現狀，社會上唯一做的作爲，只是把討論醫療糾紛的課程增加。

進入醫界，是一條不歸路！

現今七年制的醫學教育，你很難中途離開。雖然大部分時間如同一般學校在課堂上課，進入醫院實習後，才開始接觸臨床實務。無論如何要撐到畢業，才有基本的學士學位。若此時才想轉換跑道，已經有點老大不小了！

於是拿到畢業證書，通過醫師國家考試，取得醫師證書，開始進入醫界。

"This is the worst time, this is the best time!"

我所處的，以及你即將面對的，將是難以想像的嚴峻時代。

第一、眾所皆知卻無人強調的：醫療是高風險的行業！醫療屬於侵入人體的行爲，在美式的價値觀全球化的情況下：「生命是無價的。」醫師（追求生命的事實）和法官（追求社會的事實），都屬於追求不可能的事實。都只能達到人的事實（證據的事實），達不到神的事實（事實的事實）。然而法官誤判的風險由社會群體來分擔，醫師誤判的後果則由醫師自己承擔。保費有限，理賠無上限（健保局的服務無上限，法院的判賠不可限），將是工作的常態。因爲你所處理侵入的，是人類最重要的資產：「生命」！

生命有多貴重？自然產給付爲四二〇〇點；剖腹產爲八九〇二點。

（根據「全民健康保險醫療費用支付標準」，每點現値約〇．九元。）

第二、也就是最慘的一點：當你已經很慘的時候，眾人還覺得你很爽！這是因爲我們的前輩們曾經擁有過美好的醫療時代，享有豐厚的收入，美好的名聲，高尚的社會地位。這種社會印象尚未退去，而環境已經滿目瘡痍。在醫師月入百萬的時候，月入五十萬就是史懷哲；而現狀是，你已過的比史懷哲差（至少他享有高尚名聲），還可能被罵沒醫德！

考試的時候，最討厭寫複選題吧？爲什麼？因爲錯一個，全錯！走入醫界，你的一生就是複選題：「一千個，一萬個病人沒事，不等於下一個病人沒事！」無論如何，你將得不到同情（因爲同情已施捨給病患）！

這個社會，已經患了對正義的集體懦弱！

第三、最實際的問題，你賺多少錢？

「錢，是最單純，最實際的東西。」鐵人二十八號說。

「沒錢，樹上也長不出來！」台北Michael哥說。

「做手機，做電腦，寫軟體的工程師，年收入大概二百萬吧！要看股票價格！」電子業通靈副總說。

醫師的收入，依科別、工作環境（醫院、診所）有些差異，但根據非正式的消息：

「政府在規劃全民健保時，預計將醫師薪水維持在平均薪資的三到五倍（約十二到十五萬）！」

各位晚輩：這個目標，已經幾近達成了（如果你是一個老實工作不亂搞的醫師）！能夠在這麼短的時間達成，不是藉由資本主義市場機制，而是純粹以政策力壓縮的。醫師已經單純的成爲健保局的僱員！

最後一點：雖然是僱員，但你沒有退休金（除非在公立醫院上班的公職醫師）。

「……台灣人只花費不到美國人三分之一的費用（僅約佔GDP的五．九％）。由此觀之，我們如何能不珍惜現有的健保資源？只不過，如此成就的基礎，相當大的成份是建立在政府運用各種制度對醫師的剝削與醫師的自甘奉獻上。倘若有一天台灣醫師再也無法承擔如此重擔……」

——黃惠鈴《康健雜誌35期》〈別讓醫院殺了你〉序文

很難得，有人說得出醫師需要同情的事實！

以上這些，就是你的未來，了解嗎？

我知道你們不擔心。

從小到大，你們都是團體中最受矚目，最優異的一份子！科展從沒怕過，電腦都有駭客實力，小提琴拉流浪者之歌，游泳金牌也有！資優班從小讀到大，去台機電鴻海的那些人，每次考試都輸我！

我立志要當醫師濟世救人（其實是爸爸當年有遺憾，加上去看病又受了一股鳥氣）！

不論什麼問題什麼環境，我從不曾怕過！

"Life will find it's way out. Doctors will find their way out!"

當主人對奴役頤指氣使，奴役會在菜裡面吐口水，湯裡面撒泥巴！

但那是低下人的報復，不是高尚人的反撲！

於是內科醫師不只開藥，還兼賣保養品，代言養生補藥。外科醫師努力把支架、鋼板、人工材料加到身體裡。沒得玩的就走健保外，美容、減肥、養生、健檢人滿爲患（醫師、病人都滿）。沒病的最好醫，最需要醫；有病的不能醫（賺不到，賠不起）。錢一定要賺到，因爲在資本主義社會，所謂「優秀」的基本配備，是至少要有優渥的生活！

開Toyota，搭捷運，住三峽，那是平凡人才做的事！

在擁有二十幾年讀書生涯的光榮後，誰會甘於平凡？

你問自己：

"Am I a doctor or a medical businessman?"

這些問題，學校老師不會教你，但你很聰明，根本不用教！

只是，現實社會，有些人會不客氣地提醒你的平凡！

站在檢察官，法官面前，陳述你有多努力，你很平凡。

站在健保局面前，陳述你的治療符合健保規範，你很平凡（教授也和你拿一樣多的給付）。

站在生命面前，無能爲力，你很平凡。

生命，不是你努力，就一定能改變。

但是，你必須努力。

台灣人說：「怕熱，就別進灶腳。」

我知道你不怕，只是我不知道你要扮演什麼角色。我仍期待你有熱情，你有專業，你有操守，並不是因爲我也是個醫師，可以一起享受醫師的地位。而是因爲終有一天，我會是個病人，需要你以及許許多多後生晚輩的照護。所以我不敢放棄希望，期待你們贏得我的尊敬。

最後，還是要提醒你們：

眞的要當醫生（Doctor），這條路將是辛苦而沒有榮耀的！

還有，記得醫學倫理演講規定要簽到及簽退，否則你就沒有醫學倫理！

PART 03.

四十歲男性醫師的生活。

The middle age, the middle class.

我也知道，
躺在悅榕渡假村的日子，可以很緩慢。
馬爾地夫的海，很藍。
非洲的飯店，
大象會在早餐桌旁閒逛。

這些
是那群在電視上耍嘴皮子就會賺很多錢的人
才能
去做、去享受。

而
我們過的是眞實的生活。

大象在早餐桌旁閒逛。

這世界有一百二十萬種對立的想法，村上春樹說。

這世界有一百二十萬種對立的生活，我說。

01—對立一：躲雨。

他看一看手錶，晚上十點鐘。雨下得又大又急，他站在火車站的屋簷下，依然免不了被些許濺濕。

他拿起手機撥給家裡的太太：

「雨下太大，等雨小點再回去。」他說。

「嗯！」她正哄著小孩睡覺。

他牽著腳踏車，突然有了欣賞這雨景的心情。台南火車站前多的是晚上補習班下課的學生，打打鬧鬧地在他面前匆匆而過。他不急，趕著要做什麼呢？或快或慢，總是會回到家。就像人生循著一定的schedule。

醫學系畢業後，進了醫學中心的小兒科訓練。接著是結婚，對象是大學時代的女友。婚後離開醫學中心，到學長診所上班。太太是中部人，但不排斥一起回台南老家。雖然只算診所合夥人，但薪水加抽成月入也有三、四十萬。於是在老家旁買個透天厝（不和父母同住是太太唯一的要求），她辭去工作，專心帶小孩。原本開著老爸的老喜美從台南到永康上班，無奈車老毛病多，禁不起一再修車，於是忍痛換了新車Camry（一下子就升級到Toyota的頂級車，他很不習慣）。怕新車太招搖，不敢開車去診所上班，於是他開始每天騎著腳踏車到台南車站，坐上通勤火車到永康看診。

奇怪嗎？他覺得很舒坦。

低調，是一種安全。

出生於一個老師家庭，姊姊妹妹都投入教職。他從小功課優秀，但不是第一名。他知道，也認同，這個世界上有許多比他更優異、頂尖的人。他盡力讀書，是不想被認爲老師的小孩功課不好，拚不到永遠的第一名，倒無所謂。他很安逸地躲在這個中間，因爲極端會帶來不平凡的注意。

低調、安全，他覺得很好。

就這樣一路平安地上了醫學系，父母榮耀且放心。只是國中男女分班、高中讀男校、醫學系又是男生爲主（班上女生只佔十分之一）。女醫師個個都自視甚高，也曾經有女同學暗示好感，但他終究不習慣。

「有點被挑選的感覺。」

超乎常理和習慣，會帶來恐懼。

於是社團認識了女友，中文系，一樣平凡，他喜歡。於是兩人一路走來，畢業後她考取教職，他進入醫院訓練，然後結婚，像閃電以後必有打雷一樣的自然。照著走，照著大部分人覺得應該怎麼走，在走。

遷居台南，彼此都沒有問題，畢竟都不習慣台北的浮誇。接著小孩出生，她辭了教職，當家庭主婦。接送幼稚園，安親班，小學，美術、音樂、英文才藝班。他勤奮工作（幾乎不休息），努力賺錢（雖然不是業界翹楚），多存一點錢，安心。

或許追求平凡的人，對未來都有許多恐懼感。

雖然吃、用平實，但小孩讀雙語學校，才藝安親等費用愈來愈多；車雖沒貸款（他不買能力範圍以外的車），但也花了快百萬現金；房貸不多，但父母孝親開銷也佔一些。這些都會減慢他存錢的速度！

因爲學長都說，賺到五十歲，就準備要退休了。

於是一堆銀行理專紛紛找上門。各式各樣的投資組合紛紛出籠！從傳統定存（沒有理專會推這個，沒有規費）、外幣定存、股票、金磚四國投資、海外基金、定期定額基金、連動債（保本型、投資型）、成爲ＶＩＰ手續費可以打幾折、免收帳管優惠等等。銀行理財貴賓室成了太太接送小孩後最常去的交誼廳，喝茶聊天看行情。往往回到家會告訴他：爲了小孩教育基金買了定期定額基金每月二萬，買了投資行保險每月五萬（可以節遺產稅啦！），買了醫療險意外險癌症險每月兩萬，連動債、外幣定存每月幾萬幾萬等等。

然而，一個個金融風暴，他倆嚇壞了！

台股趨勢未明，美國次貸風暴，冰島破產，歐元區國家一個個崩盤，甚至歐元不保？連動債暴跌……爲什麼這些突然和他息息相關呢？他的平凡生活在哪裡？

十年來的千萬資產，居然可以在幾個月剩下一半！

那是幾十個月的辛苦工作，可以買數十台Camry，十幾台賓士車。

更慘的是，健保財務困窘，服務不減，收費不增，只好大砍醫院診所給付。同樣的工作，甚至更多源源不絕的病患湧來，收入卻逐年下降。從月入五十、四十、三十……接下來呢？

看著雨漸漸緩和，他有點不想走。

累了，白忙了一場？

希臘，冰島，這些歐元區的國家他從來沒去過（都想著退休後好好去玩玩），怎麼那麼遠的國家也會讓他煩惱呢？

騎腳踏車通勤上班，開國民車接送小孩，住的是平價房子；時間都花在上下班看診，也沒什麼運動習慣；病患要求愈來愈多，收入卻愈來愈少；小孩要贏在起跑點，所以畫畫、彈琴、圍棋、跆拳道、英文、潛能開發、親子互動（當然是太太一起去上）。幾乎一樣也沒漏掉！

每個人都忙成一團，忙得不快樂，感受不到安心和幸福？

這是怎麼一回事？

四十歲的他，怎麼看得到五十歲的退休！怎麼可能！

他嘆了口氣，站起來拍拍包包上的水珠，順手拿上7－11的小飛俠雨衣套上。跨上腳踏車，他決定了！

就冰島和希臘吧！下一個月全家一起去走走，好歹看看這讓他失血大半的歐元國家到底長怎樣！

可小孩要上課要補習……

下個月是診所旺季，不妥。

還是等明年，等暑假小孩不用上課？

還是……再等？

他想著想著，直到沒入下著小雨的黑暗中。

02 對立二：百分之百的女孩。

「你知道嗎？」他說。

「她出國竟然帶了七雙鞋子三隻錶！」

「這很奇怪嗎？」我說。

「當然啊！出國不就是帶個卡通錶看時間，萬一丟了才不覺得可惜！」他義正嚴辭地說。

我們是高中同學。雖上了不同大學，因爲都讀醫學系，畢業後進了同一家醫院。他屬於少數，仍單身未婚。因此近幾年來，聊的幾乎都是介紹相親的趣事。

然而，還是得先從他的過去聊起。

個性上，的確談不上活潑，但也不至於呆（好歹也考上醫學系）。最能形容他的生活，或許就是單純。每天正常上下班，晚餐幾乎都回家陪父母吃飯。每個月生活開銷含油錢不超過一萬元（Toyota還是省油）。一生中唯一焚膏繼晷做事就是準備大學聯考。工作上求平安順利，趨吉避凶，不勉強自己付出，也不追求競爭和成

就，但是該做的事（如門診、手術）及必要的事（流行進修，他就去讀研究所）都一定完成，無論如何屬於工作上無害的那種同事。

前些日他買了房子。

「貸款負擔重不重？」我問。

「貸款？爲什麼要貸款？」他說。他是拿現金去買房子（大概除了吳賥貞以外，全台灣第二個）！

只做能力範圍內的事，而且不吃虧，不浪費（貸款會讓銀行賺利息）。

曾經聊過他的初戀。

進了醫學系後，依舊維持著「安全生活」的態度，台北大學生的精彩和他並沒有太大關係（他讀的是小規模的醫學院），卻在畢業前一年遇見了一個學妹。她活潑主動，外表稱不上亮麗（否則會很不搭），卻也屬於清秀佳人。黏著學長要借書，借筆記，考試前請他幫忙複習功課，自然黏成爲一對，從呼叫器暗號到手機連絡約會的時代，她幾乎是他手機電話簿的唯一。他畢業了，到南部當兵。每星期孜孜不倦地坐火車到台北陪她讀書約會，夜宿她家（不同房間！他強調）。退伍後他順利進入中部的醫學中心，而學妹功課優秀，畢業後選擇進入同一家醫院中心也不是問題。彼此的未來相得益彰，都感覺是很好的規劃。人生如此順利，幸福感覺油然而生。

接下來就是結婚、買房子、生小孩、從此過得幸福快樂的生活！他想。

一切的改變，在她來到台中後。

永遠晴空萬里，生活步調緩慢（和台北相比，的確是）。下班後一起吃個飯，常常讓他幸福滿溢。但卻忽略了她的……怎麼說，一個二十六歲、自信滿滿的年輕女醫師，需要的「活力、衝勁、新鮮感」！

同事、同學都知道她有一個「總醫師」男朋友，預期他們會結婚成家。於是私下的唱歌喝酒攤比較少找她（畢竟她的男朋友比較悶），而生活總是那幾個地方輪流著（感謝台中還有新光三越百貨）。她想要新鮮、有活力的年輕感！

終於，她找了一個很牛的藉口，對他說：

「我想回台北！」

「爲什麼？我對你不好嗎？我媽讓你不高興？醫院工作不好？待遇不好？」他先是遲疑，然後像火山爆發！

「我覺得台中沒有捷運，交通不方便（她不會開車！因爲台北有車會很不方便），不是我想待的都市！」

「我們當初不是說好的！規劃好的！」他忍不住哀號！

他眼中閃爍著無限的憤怒和無奈，對我述說著當時的不堪。

「你要不要寫信到市政府請求國賠！」我說。

於是，她就這樣回台北。他不可能放棄現有的一切（說眞的，他也住不慣台北），六年的戀情就這樣結束。

接下來將近兩年的時間，他常對我說著：她覺得對不起他（畢竟網路時代，MSN還碰的到），希望他保重之類的。

他則咬著牙不斷的說著：她會後悔……

「簡單說，結論就是：她不愛你了！」我說。（其實她眞是高手。）

身爲一個男人，不可免俗地，我還是問了男人都想知道的「那個」問題：

「這麼多年，你們到底有沒有……那個？」

「還好沒有！」他得意地說。

「還好？」我有點狐疑。

「若平白無故讓她爽了！就太便宜她了。」

「……」

我想：他永遠也無法「理解」她爲什麼會離開他！

對於無法理解的事，是超乎他的能力之外的。

無論如何，他開始展開熱烈相親的生活。

同事們，病人們，長輩阿姨，主任前輩，甚至掃地清潔的阿桑，或基於同情，或基於他的優厚條件，邀約杳至。然而，太漂亮的總懷疑對方怎麼可能沒男友；客家人、外省人又不行（他有成見），父母職業不那麼正式，或兄弟姊妹沒有正當職業（就是……怕以後要連她家一起養）也不行。太活潑的沒把握，太驕傲的更別說；穿著性感身材火辣，怕走在路上總是被人看，喜歡買衣服鞋子更別說！

「No！」

「人怎麼可能需要那麼多鞋子！」他說。

「哪裡才有百分之百的女孩！」他總想著。

（當然村上春樹不會是他的語言，他是用白話想的！）

或許，頭兩年只是想擺脫失戀的感覺。等到眞的認眞挑起來，就是個個都不完美，個個都有缺點。

「如今，親朋好友左鄰右舍認識的女孩都快看光了，沒有人願意再介紹了！」他嘆了口氣。

買的房子，裝潢已經接近完工。當初這房子，是和上上任「有進入約會狀況」的那個女生一起挑的（後來覺得她脾氣太差，不好伺候），如今一晃眼又已挑過兩個。

最近這個眞的覺得喜歡，她卻預計下個月出國留學兩年。讓他有點遺憾。

「只是幹嘛帶這麼多雙鞋子手錶？」他說。

「或許你就是知道她要出國，知道和她不可能有結果，才感覺到喜歡（也可能是不捨）！」我說。

「或許是吧！」

原來不理智才會有感情啊！

他無奈地嘆了口氣。

03 對立三：離婚。

「我永遠記得雙手放在方向盤上，那種藍天白雲的自由！」她說。

從初戀到現在，我們認識二十年了。

高中生的純純戀愛，上大學後因距離分開。斷斷續續地聯絡，才大概知道她後來的感情生活。

她一路求學到研究所畢業，感情也算順遂。由於高挑的身材及出色的外表，一直都是她選人，人等她。有幾次論及婚嫁的機會，但因職業背景及移居大陸等考量，理智地拒絕作罷。一直到在醫院工作後，遇見她「前夫」。

他，醫院的實習牙醫師。家在台北木柵，因爲求學和實習的關係暫留在台中。外表樸實，站在一起似乎沒她搶眼。然而不煙不酒，生活就是……怎麼說，平凡。

「或許就是這樣的平凡打動了我！」她說。

「願意選擇婚姻的女性，常常是帶著倦鳥歸巢的感覺。玩夠了，看多了，願意接受心甘情願的『生活』。」的確，三十幾歲了，商場上的老闆、企業主管、醫師、律師，各種有成就的男人也看了不少，總是沒有安定感（或許「年輕」永遠不會有安定感）。

怎麼一個平凡的人，反而就想嫁了！

於是交往了數月後，彼此都有成家的默契。由於男方家庭在北部有房產店面，必然是要回家開牙醫診所。於是議定一起北上工作，半年後結婚。

平凡的男人，多半來自傳統家庭。「前」公公婆婆有著台灣人傳統美德，省錢（加上子女的孝養金），儲蓄，買房地產，收房租，生活算是優渥。家居獨棟透天厝，店面是老早預備好給這長子開業用的。也曾私底下夫妻討論和公婆分開居住，但年輕人又沒錢，放著自家店面不用也說不過去。

「這問題，就以後存了錢再說吧！」他總是這麼回答。

先生的作息很正常，白天自家樓下診所上班直到晚上九點。診所結束後會上父母樓陪父母聊天約兩個小時。（她強調：「每天」！）

至於她，婚後終究是辭掉工作，原因是婆婆希望她在診所幫忙。雖然明白表示不願意當個全天監看老公的醫師娘，然而不久後也懷孕生產，於是就自然而然地成爲家庭主婦。早上總不好意思比公婆晚起，於是早餐準備好。因爲是家裡唯一的媳婦（小舅和小姑都婚嫁在外），午、晚餐自然又是責任所在。漸漸地，她成了百分之百的家庭主婦。

三餐從準備，收拾，小女兒的照護，家裡的維持。每天的午後兩點到四點是她唯一的空閒時間。朋友的邀約，所謂的台北貴婦下午茶，常常因爲擔心延誤到晚餐的時間而匆匆忙忙，漸漸地也從生活中消失了。於是，不出門成爲常態，一旦要出門反而會得到婆婆的狐疑表情，在准與不准之間。

星期六診所休業半天，偶爾先生帶著她和女兒（或全家，含公婆之意）到附近公園走走。

她開始覺得有壓力。

搬出去住？先生覺得說不出口，也沒有理由。

請傭人，婆婆覺得浪費，也不好使喚。

就這樣，又擱著了。

小舅帶老婆回家，總會夫妻倆溜出去走走（小舅也覺得家裡悶）。小姑回娘家，抱怨的居然和她心裡累積的一樣，婆婆還同氣同聲。

她眞的喘不過氣。

然而她也知道，這個壓力，已經超過了她前夫的能力範圍了！

「最後，我姊姊看不過去！直接上門替她談離婚。」她說。

「我前夫什麼都沒說。」

「婆婆只說了一句話。」

「如果你想帶走女兒，你什麼都不能要！」

就這樣，我帶著女兒，開車回到台中。

這裡，總是這麼陽光燦爛！

「我相信，在婚姻市場上，他還是一樣是炙手可熱！」我說。

「不煙不酒，收入豐厚，高尚職業的好男人！」她一臉不在乎地笑著。

「幸運的是，你生的是女兒。」

「如果是兒子，可能你也帶不走！」我說。

她驚訝，然後點點頭。

「我也曾想過到底是自己的問題，還是誰的問題？可是，沒多久我就罵自己笨了！看著中台灣燦爛的陽光，女兒愉快的奔跑，我幹嘛管誰是誰的問題！我就是沒辦法過那樣的生活。」

「活生生地過那樣的生活，沒辦法啊！」

04 — 介紹。

夜診完，和朋友約在茶店小聊一下。都已晚上十點半了，茶店仍然熱鬧。

朋友帶個女性朋友，學音樂的，看起來氣質不俗。

「你是醫師喔！幫忙介紹個男朋友吧！」

「你想要的條件是？」我問。

「當然是經濟條件好，顧家，不會到處跑，不煙不酒，無不良嗜好的好男人啊！」她說得很順。

於是我微笑地回答她：

「首先，我認識的都是壞男人！」

「其次，你想要的好男人，九點半就上床睡覺了！現在遇不到了。」

05 也許是情書。

雖然已經過了許久，再寫下這些，或許有些唐突。可是，今天的我確實有著這樣的感覺，趁著查完房的空檔，有點想起你。

是想起你，不是想你。

或許是因爲開刀房外那眼神無題的女孩，側面看起來有點像你。卻提醒了我：需要一點專心，才有辦法慢慢地拼起你的臉，然後是你的笑容。天空陰陰的，我找了醫院外，榕樹下的座位，專心地想像你的樣子，讓你的笑容填滿我的想法。我點了一杯咖啡伴著自己，做著你或許會覺得有點無聊的事。

想得起你，卻不太想得起從前。

我想你是我喜歡的那種典型！白皙淨亮的皮膚配上一副不以爲然的表情，笑起來天眞的樣子完全隱藏住你的任性和無厘頭，這就很吸引我。雖然這樣的吸引註定是我感情的死穴，可是我就是無法抗拒。這種天生的弱點就如同你的任性一樣是自然且不可割除的，如影子跟隨。想想，一旦割除了你的任性，那你就不是你！也喪失了吸引我的特質。

寫到這裡，又想起你照片中的笑容。那是我唯一擁有的你的一張照片。

是在和你談感情前，和同事一起拍的。我們相處的那段時間，你一直不肯合照。因爲你有著深刻的不確定吧！從這種小地方，是可以明顯看出來的。

如今分開的日子，早已遠遠超過相處的時間。關於回憶的深刻，大概是以每二、三個月爲一個段落遞減。首先會像是VCR重播，然後片斷成偶然想起，速度慢成了連環圖；然後是照片，四格漫畫，最後是在買御飯糰的時候想起你的笑，卻如馬賽克般，得加上一點時間和專心後，輪廓才能清晰。

影像是如此模糊，卻會偶而想起，這才是感情可怕有力的特色，無關乎你結婚生子車禍中彩券。會突然模糊地想起一個笑容，名字？然後記憶和心思像掉到黑洞那樣死命地要追出，張開嘴沈默的幾乎要叫出什麼……有趣吧！

想想，是不是這樣！

你最後一次的電話，我們自然地說著，提到你現在過得很幸福。其實你不必特別提，我們早在很久前就結束了。如今我坐在樹下想著你的容顏，把握這樣的機會和感覺。爲什麼？或許是怕下一次再閃過這樣的念頭，卻死命地再也想不起來任何一絲一毫。總覺得到了那樣，自己有點可憐！

因爲無法操控回憶而嘆息？

當回憶像金融海嘯一樣地失去了。

就是會有一點點可憐的感覺嘛！

無論你是不是幸福地過著，都一樣。

06 對立四：聖醫的一天。

電視專輯播出後，他有個新名字：「聖醫」。

隔天，門診爆滿，電話預約排到半年以後，他的名字和尊號成爲網路上熱門搜索的關鍵字。許多人到處奔走詢問，就爲了套關係掛號讓他看一眼，或籌錢排隊等他開刀。院長等科室主管紛紛前來道賀，（心裡應該想著醫院業績長紅吧！）他一如往常地板著嚴肅的面孔，就像在電視上對著鏡頭說著他獨創的陰陽合一手術。

這是他應得的，他想。

幾十年來，他努力。有刀必開，遇事努力爭取。有刀要爭，有職位要爭，他不怕和同事鬧翻，即使在開刀房打架都不足爲惜。因爲燕雀怎懂鴻鵠之志，一隻鴕鳥在雞圈內生活，就是他自認的寫照。但他不以此爲限，努力經營。他不去醫學會，因爲不想把自己的開刀成果拿出來讓那些不懂的人（但卻自認爲很懂的主任、教授）評論糟蹋！但是他慧眼獨具，把病例文章投往對岸的醫學期刊。在一九九〇年代，當對岸社會開始開放，熱切期待和世界交流和學習時，他的名聲已經開始展

現。

對岸才是未來！他的策略是「遠交近攻」，這是他在電視上沒有說的（平凡人怎麼懂得雄才大略）。

這種謀略，當然也不是那些汲汲營營，小利謀生的島國醫生所能了解的！

一樣，對於健保局，他也不擔心。

一個無能的官僚機構，以民瘁的方式在經營而已。他心裡嘲笑著。

看過周星馳的電影吧！

動物拳：鼠怕貓，貓怕虎，虎怕象，象怕鼠！

演繹出來就是：民眾怕醫師，醫師怕醫院，醫院怕健保局，健保局怕民眾！

所以他經營名聲，讓民眾求治若渴。若遇到健保局層層箝制，就發動那些等待的民眾，要額外自費的民眾（他決定脊椎要固定八節，健保只核定三節），大家一起向健保局抗議。健保局很硬嗎？很跩嗎？沒有彈性嗎？不能妥協嗎？哈哈！那是你不知道怎麼用老鼠騷擾大象！

於是，所有的問題，只要是他的問題，都可以談談。

他笑看這個滑稽的世界。

就像獨孤求敗一樣，雖號稱求敗，但怎麼可能敗！

當然，有些病人會死。

這是事實。

當醫師的誰沒死過病人！

但是，開刀如此俐落，流血少，病人會死，和他的技術沒關係。

或許是麻醉問題，或許是照顧問題，或許是開刀房不清潔的問題。總之，不會是他的問題。

況且，離開的病人是爲了造福留下的病人。

早上，又安排了一群大陸參訪醫師到開刀房來參觀。

「這些人想著如何把他這一套拿到大陸去大賺特賺。」

「醫生，哼，都是一堆生意人！」他想。

聽他氣定神閒地說著民眾如何搶著求他開刀！每個人眼中泛著羨慕的眼光。

（當然，在大陸，開一台脊椎可以賺一棟房子，他開那麼多……）

不過他還是小小地抱怨了一下健保局：這種開刀費是污蔑他的技術！

上次有個英國人來求他開刀，手術費開價一百萬台幣（兩萬英鎊），對方還說便宜！

回到家，他寫寫書法。

小孩都出國讀書了。

太太剛回到家，說匯了十萬美金給小孩。

嘮叨地抱怨著銀行的理專：上次報給她的連動債，花了一百萬美金，金融海嘯過後剩下不到一半！

還好台中七期買的那幾棟還算保值！可是聽說要賣也不好賣。

醫院的院長和他討論起健保局下一階段的管控利器：脊椎手術DRG（Diagnosis Related Group）。

「屆時脊椎手術照目前的方式經營一定會虧大錢？」

他不說話。

「我有我的方式對付，這麼多年來什麼風浪沒見過！只是，你這種呆腦袋怎麼能了解！」他心裡想著。

他露出一些自信的微笑（或是嘲笑）。

院長努力地思考著，完全不知他心中的揶揄。

多年的書法練習，他寫下筆力遒勁的大字。

「變。」

或許，

是該去大陸了。

他想。

07 — 對立五：關於壓力對生活的細微影響。

上午八點，科務會議。主任請他報告一下加護病房的那位老婆婆。

他把病況大概簡述一下，並說明情況變差的幾個可能。

「昨天有許多遠道而來的家屬關心。」他說。

主任嘆了一口氣，叮嚀他要小心說明。

所謂遠道而來的家屬，是「非常可怕的人」。

這些病患的子女、親戚，常常忙於庶務。病患住院，開刀時並不在身旁。醫師手術說明，同意書簽立，只能面對和病患同一屋簷下的一、兩位家屬。即使打電話告知病人手術病況風險，常常也是「我們尊重醫師的專業判斷！要開刀就開刀！」等等。

一旦病患情況變差，無法脫離險境，進入加護病房，告知病危時。這些家屬會接二連三、帶著肅穆的表情來到醫院。

「醫師，二兒子從台北下來要求你解釋病情！」晚上九點醫院來電，護士還會偷偷地告訴你：「家屬很兇喔。」

「醫師，大女兒從美國回來要求你解釋病情！」
「醫師，家屬想問你爲什麼這幾天病人腫得特別厲害，請你說明！」
平常照顧的家屬，知道「你還算是個認眞的醫師」！
但在眾家屬的包圍下，他們通常不敢爲你說話，畢竟病患情況不好是事實。
況且，如果醫師是認眞的，那不就是照顧的問題？
在目前這種氣氛之下，他們不想惹禍上身（平常照顧病人就很累了）。
然而，一群家屬的不安和擔心的怨氣，需要宣洩的出口。
更何況，爲了掩飾不在身旁的愧疚，他們往往會表現出「熱切關心！」
於是有些家屬咄咄逼人，質疑任何大小事物！
「當初爲什麼選這個醫師？」
「當初不開刀也不會變這樣？」
「沒開刀前人也好好的，開了以後才變這樣？」（熟悉吧，報紙常用的詞句。）
「不是說開完刀就會好？爲什麼變這樣？」
大家七嘴八舌。
在加護病房，硬撐起正面自信的表情，他說明完病患目前的情況。家屬一一散去，他摸著病人蒼白的頭髮，呼吸器規律地打著氣。

「將心比心。」他記得學校老師說過的。

但是，老師也說過：「醫學是建立在無數的失敗上！」

這是人對神的挑戰！對生老病死的挑戰！

「阿婆，你要好起來啊！」他對她說。

助理告知一些庶務：

健保審查案件通過和沒通過的結果放桌上。

醫院要提報下年度自費項目成長計畫，後天要交。

病患檢查單開錯，醫院要提報病患安全檢討。

位子上的一疊病歷是健保局核刪後要寫申覆。

論件計酬案件費用超過的要寫明原因報告，並說明改進方式。

病歷室還有未完成病歷要簽名。

下個月的班表請察看是否需要修改。

中午要記得去開會：開刀房管理委員會。

下午有一台刀，預計是一點。

開完刀四點要幫實習醫師上課。

六點要開獎勵金管理委員會，不過這是主任拜託你代他去。最重要的，十一點要開病患家屬調解委員會。

「唉！」他嘆了口氣。

這是另外一個病人。

簡單來說，一個將近八十歲老伯伯要開刀（家屬要求，因爲可以申請醫療保險）。開刀順利，休息兩天。第三天發生輕微中風，左側沒力。病況穩定，但當家屬發現後續照護需要轉至護理之家自付費用後，堅持中風是在醫院，醫院一定有過失。先告直接相關的A醫師，結果不起訴處分。接著告上他（眞倒楣）！雖然是煩惱人的小case（病人沒死，病史單純，醫理上站得住腳），但法理上？醫評會審議我們有信心，但天知道會遇到哪一種司法官？

重點是，家屬的動作可是一個也沒少！

先是拒不出院，（坦白說家屬也不想照護！）

然後對住院期間的任何醫護照顧開始嚴厲的挑剔質疑。

醫院出面請求出院，說醫院趕病人，態度不佳！

投訴衛生局，健保局！

糾集各路人馬，到醫院拉白布條！（醫療疏失，黑心醫院！）

投訴各大媒體！

有些媒體情況不明之前不會報（比較有社會良知）；

有些媒體有投訴就報（有糾紛就是新聞，媒體強調「沒說誰對誰錯」）；

有些是見別人報，就跟著報！

接下來，是衛生局來函要求說明！

然後是兩造雙方召開調解委員會。

一如往常，調解委員會成了挑剔委員會，家屬極盡所能地從醫療方的回答中雞蛋裡挑骨頭。不歡而散！

「有些事還是要照程序走完！」副院長拍拍他的肩。

只是「風險」這一項，健保局不給付啊！他還是嘆了口氣。

開刀的病人順利開完刀。

只是麻醉醫師剛打完麻醉藥，病患突然有一陣心律不整。麻醉醫師嚇了一跳，趕忙用藥把病患那顆雀躍的心安定下來！一直到手術順利結束，才放下心。病患從麻醉中甦醒，一臉無辜，完全不曉得他把醫師們嚇得半死。

「再老點，就經不起這種驚嚇了！」麻醉醫師說著。

「最近應該去拜拜吧！」他想。

上課的時候，太太打電話來問晚飯如何？因爲開會，他請家人們先吃。

電話中可以聽出不悅的語氣，說著一個星期一起吃飯的時間不過兩、三次……

開完會，已經快八點。醫院福利眞好，六點開會有附便當呢（苦笑）。只是，爲什麼都要約這種下班的鬼時間呢？

可能是主管也不想太早回家吧！

那就找個地方喝一杯吧！只是明早要門診，也不能太晚。

「當醫師壓力很大吧！」酒保說。

「還好，還好吧。」

他敷衍著，不想再回答任何有關醫院的問題。

08 台北的夜晚。

二十年前剛上台北讀書，夜晚總是帶來壓力和恐懼。分不清楚東西南北的年輕人，面對著無窮無盡的擁擠車流，爭奪在捷運圍籬外僅有的馬路空間，有如動脈硬化的血管持續地表現出惡性高血壓！讓人沒有喘息的空間。

二十年後，車流依舊，只是撤除圍籬後的馬路恢復它應有的寬敞。捷運陸續通車，紓解了交通，也創造了台北人「擁有捷運的驕傲」。（捷運怪現象：愈擠愈多人搭，愈擠愈值得驕傲；愈空愈少人搭，如高雄捷運！）

都市計畫、美化的觀念經過了二十年的發酵，也讓這個都市愈來愈美麗。美麗，會有加乘作用。欣賞美麗，維護美麗，是人的天性。（所以說：食色，性也！）當居民感受到環境的美，就不會亂吐痰，亂丟垃圾，亂搭違建。這比起課本上的宣傳，來的有效！所以說「成就美麗」的工作，可以是政府領導，可以是社區意識，可以是個人欣賞，就是人人都可以盡力。

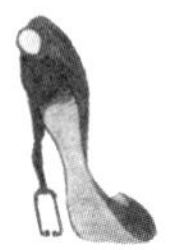

比如說，打扮得漂亮才出門，是活動的美麗。
這點，還眞的讓我們這些中南部的男人們瞠目結舌！
「台北的醜女人都到哪兒了？」鐵人二十八號說。
「沒有醜女人，只有懶女人！」我說。
「重點是要約得到！」電子業通靈副總說。
「那就來我的攤（ㄊㄨㄚ），沒有不好玩的！」台北Michael哥說。
「其實，台北男人也比較帥！」孤單米老鼠說。

有些人無法忍受台北的天氣，夏天悶熱潮溼，冬天陰冷下雨。
有些人無法忍受台北的擁擠，吃飯要預約，大小事都要排隊等候。
有些人無法忍受台北的房價，新房子都要「億來億去！」
（容我提醒你一下，一億是一○○○○○○○○，十的八次方！）

有些人離不開台北：
因爲有捷運。
以前是因爲有忠孝東路。
現在是因爲有信義計畫區。

滿街都是靚女，滿街都是潮男！

永遠有新話題、新潮店、新潮點。

「在台中，我把買房子省下來的錢，每週搭高鐵去台北玩都綽綽有餘！」鐵人二十八號說。

「與其當台北的窮人，不如當中南部的有錢人！」我說。

「你們不懂啦！」台北Michael哥要開釋一下。

「首先，Animal Planet要常看！」

「就跟大草原的生態一樣，水草豐富的地方，草食動物會遷徙聚集，然後是肉食動物伺機獵食！」

「台北是台灣金錢匯聚之地，吸引無數單身男女（草食動物）趨往尋求生計，或體驗五光十色。於是肉食男女接著跟進，展開廝殺爭奪！」

「所以台北酒店業不發達，因為那是被淘汰的肉食男去的地方！只有受了傷（鬥不過女人），跑不動（上了年紀），才到酒店去繳費接受餵食！」

「我們是草原上的獅子！」我說。

「對，我們是男人中的林志玲！」電子業通靈副總說。

（他的確是，高挑帥氣開G500，會說：「我看得出妳的前世今生……」不過他只看漂亮女人的！）

「So……ga（這樣啊）……聽起來好累喔！」鐵人二十八號說。

在台北每當週末的夜晚，一場場生物學上的競爭不斷展開！

首先說明一下：台北人是「不週末，毋寧死」！

霓虹閃爍的夜晚，那些無數打扮亮麗的潮男潮女，大多居住在中、永和、板橋、新店地區，狹小的空間（個人套房）。每天黎明即起，趕車上班，傍晚下班，和同事吃飯完回家（因爲大多單身無家人），都將近九點了。趕忙完公事上網，就要上床睡覺，準備隔天早起上班。從週一熬到週五單調如此的生活，週末若再不出門，將是對不起自己的重大罪惡！於是，週五的夜晚拉開了台北夜生活的序幕！

女生要找付得起（因爲到處都很貴）、好玩的男人；男人要找漂亮、敢玩的女人（因爲貴，當然要精品）！這是基本要求。

不過也常遇到吃癟的時候！

「上次一個朋友來趴（party）玩，三選一看中其中一個身材最好的！沒辦法，他就喜歡大胸部的！」台北Michael哥說。

「超難搞的，約了三次才進房間！」

「結果大失所望，事業線（乳溝）居然是new bra加上水餃墊黏出來的！」

「三選一卻挑了最小的，眞的擠很大！」

「還有一個看起來青春美麗！對了，就上次報紙拍到和名人上賓館的那個！」

「幾次在KTV見面，都說是六九的，（年次，不是體重！）靠水果報導才知道她五零前半的！」

這些人不太有誠信觀念喔！

別生氣，女生也有滿腔苦水！

「看起來衣著光鮮，生意如何如何，約個鮑魚魚翅餐就說家住陝東陝西（閃東閃西）！」

「開的車是不錯，但上車這別碰那別摸，零食也不能吃（更別說鹹酥雞）！好像車子比老娘珍貴！」

「更扯的是，CD一按，播的居然是港都夜語、惜別的海岸、愛情的探戈！拜託，我是七年級的耶！」

「有些看起來是滿有的（滿有錢的），但老不拉嘰的，要不是有錢……更噁心的是喝了酒就假醉亂摸！」

男的說：「拜託，你帶的美眉也太恐龍了吧！幾個還不錯的不跳也不喝，回家看『娘家』就好了，幹嘛出門！」

女的說：「拜託，你朋友只會唱台語老歌，長得又不帥，幾個滿嘴說多有錢，喝了酒就毛手毛腳！」

結論就是：

女生說：「不好意思，我們有事先走了！」（姊妹們，David在Primo還有一攤。）

男生說：「路上小心喔！」（小李，趕快打電話問Miranda她們什麼時候到！）效率是一定要的，週末時間有限。見好就上，見不好就換；就是要有這種歡樂時尚流水席才屌！

最後，我知道你們都想問的，有關於「一夜情的故事」！

大家屏氣凝神，聽著。

台北Michael哥突然一聲長嘆。

「兄弟們，草原上的獅子們！時代不同了！」

「怎麼了，到底怎麼了！」大家驚嘆。

「生態系已經主客易位了。」

「首先，開什麼屌車都沒用！台北酒駕抓得兇，不要心存僥倖。」

「這當然！」

「既然不能自行開車，就一定是搭小黃。當你我喝得暈茫茫，相看兩不厭時，上了小黃。」

「要知道：女生就算火在燒，裝暈裝醉，也絕對不會說：『司機，薇閣！』這樣顯得太直接。」

「而男生基於禮貌，當然要先送女生回家！」

結果就告訴我們兩件事：

第一、一夜情最常發生的地方，不是旅館，不是你家，而是她家！

第二、是「她」決定今晚要不要臨幸你（問你要不要上來喝杯咖啡）。否則，「家」才是你今晚的歸宿！

兄弟們，睡飽一點比較實在。

PART 04.

四十歲男性醫師的不務正業。

人生不一定能很有錢，但一定要有趣。

01 我的重機路：長大，是為了實現小時候的夢想！

我的朋友大象，是Bimmer重機的業務，也是重機通。

曾經有一個膽顫心驚的經歷。

一個熟男到店裡來看車。（對，熟男，Bimmer的車主大都是這年紀！）

和他相談甚歡，也挑了關注已久，喜歡的車款。

當下付了訂金，約好週末去嘉義收款。

「當天晴空萬里。」大象嘆了口氣，心有餘悸地說。

「進了門，才發現氣氛不太對。」

開門的是菲傭，讓我們客廳請坐。當事人還在樓上，女主人面無表情的坐在沙發的另一端，眼神失焦斜望，沉默無語。那情境，完全沒有一絲喜悅的可能。

我們還來不及坐下，就聽見當事人大聲從樓上步下，當著我們和女主人的面，把包包丟到桌上說：

「今天，你要嘛就把錢給我，否則就把行李丟給我！」

當場氣氛凝結，彷彿聽見回音在水晶燈上嗡嗡作響。

「重機最大的敵人，不是高售價，是家裡的那個女人！」大象感慨地說。

「千金之子，不坐危牆，不死於盜賊。」孔子說的。

「追求速度，與生俱來。」BMW說。

這兩種說法，都對，但只對了一半。關鍵是「程度」！多快叫做快？總之沒人想死，活著才能享受。

可是你還記得當你從騎單車的高中生，進階爲騎機車的機車族，那種興奮的心情！

除了惱人的安全帽外，（基於合法和安全，還是戴著吧！）你享受著移動的自由。不必汗流浹背，就可以載著馬子上山下海，只要輕轉油門，沒有到不了的地方。你的世界因爲速度往外延伸，你才知道陽明山有擎天崗，竹子湖原來沒有湖。但你要更多更廣，所以開始貪圖更快更遠。

曾經有一段時間，台灣禁止進口排氣量一五〇CC以上的重型機車。根據政府單位不正式的說法是：排氣量大速度快，怕影響治安。這種成見，充分反應台灣政府笨蛋懶惰的常態：讓無知的人管理不熟悉的事物。怎麼說？

首先：「有多少犯罪是靠警察開車追來的？」有這種想法的人想必是比佛利山警探看太多了！（看尖峰時刻長大的人還沒幹上主管。）

其次：如果以速度快等同犯罪的觀念，那所有跑車都不該進口了！

數年前電視節目曾經檢討高速公路速限（當時國道一號多數路段速限是九〇公里，工務路段是六〇公里），受訪的官員義正嚴辭地說：速限如果提高，那車禍就沒超速了！

這句話的邏輯，我著實思考了很久。

騎重機，只有幾萬人有興趣；速限低，罰單多，政府可以多稅收，出事可以推給超速……這就是少數服從多數。

然而，沒有正義的是非，就叫做民瘁（不是民粹，因爲是「生病」的民意）。

終於，在WTO的壓力下，大型重機還是開放了，國道一號速限也等同於三號提高到一一〇公里，這個社會還是會改變，只是漿糊腦袋不會像冰塊融化那麼快！政府官員下班多還是要多看看Discovery 或者是NGC頻道。

不熟的朋友知道我騎重機，都會帶點同情地安慰說：「原來醫師壓力眞的很大！」

台北女生知道我騎重機：「拜託，又熱又難坐，妝花頭髮亂，誰要坐！」（如果你的男人開的是跑車，我也勸你不要坐！）

台北Michael哥說：「妹不喜歡，免談！」

台中女生說：「好帥啊！可以坐坐看嗎？」（感動！）

醫院老前輩說：「年輕時就騎美軍留下來的重車，帥的捏！改管改得翹翹的……現在，聽說哈雷不錯喔！車停哪？不過是玩具，還是，等股票好一點，再說再說……」（拜託，都五十好幾了，你還能等幾年！）

年輕的同事說：「駕照都考過了，車還不能買。」（太多人反對，擺不平！）

家人說：「騎車要小心！」（重機界名言：婚可以不結，重機一定要買！）

眞的，我要強調：「我是騎重機，不是推翻滿清！我也是怕死的！」

所以我知道，馬路不是賽道，什麼壓車殺彎我不敢，因爲對向來車不只可能讓你住套房（醫院的），還會送你上天堂。而台灣的馬路超像越野道，因爲路要常壞才有理由修。老先生騎著金旺五○，你按多大聲的喇叭他都耳背；年輕人騎速客達常沒耐心看紅綠燈，吃定你不敢撞他！路人更不怕你撞，因爲交通法庭是誰車大誰吃虧，誰受傷大誰責任輕。

這種交通，你能騎得快才怪！

誰說我是爲了速度，爲了飆車！

It's freedom!（Mel Gibson《Brave Heart》）

當你巡弋在花東海岸，一邊是寬闊的太平洋，往前是筆直帶點波浪起伏的花東公路。夏天你敞開衣襟，讓海風透入防摔衣內，（其實還是熱啦！）冬天你穿的保暖，讓東北季風像老朋友拍打著你的肩膀。台中到墾丁五百公里，只爲了點杯啤酒在南灣營造出屬於自己孤傲的中年帥氣（唉，熱褲美眉都坐在五○CC小綿羊）。上合歡山不必怕塞車（當然，大學生騎一二五CC一樣揚長而去），還吸引羨慕的眼光（BMW大七的車主帶著全家出遊，卻看著重機說：這才是自己的車），139、136縣道到處去，你才知道台灣有這麼多歐洲級的漂亮小路。

It's about freedom!

你到底懂不懂！

唉，熱褲美眉都坐在五〇ＣＣ小綿羊。

02 我的重機路：只是個玩具！

首先，我承認「重機只是個玩具」。

所以，你要了解，買重機，和買車相比，是非常，非常不一樣！

畢竟，我們雖是四十歲的男人，但不是九牛很多毛的那種。對於玩具，無法無限上綱，必須有所取捨。

雖然汽車也算玩具的一種，但對大多數人而言，它已是家庭的公共財產，傢俱的一種。

關於汽車，雖然你是車主，也是付錢的苦主，家人也號稱尊重你的喜好。可是雙門不能買，（不能載小孩）太大不好停，（讓老婆ㄟ到更痛苦，求償無門）太複雜老婆不會開，（大燈開關在哪？這椅子怎麼調？音樂怎麼放？）雙B太招搖，（可是，長得不帥的我只能靠車吸引注意力啊！）太貴不划算，（買房子時怎麼都不會在乎！）當你滿懷興奮看車時，早已被這些橫豎胡亂殺出的意見（而且一定要採納）所左右。好像剛登基的皇帝自以爲可以爲所欲爲，才發現文官體系的韌性和抵抗是如此強大。

至於好看又好玩的「玩具車」（喂，不是你小孩玩的那種）：Aston Martin、Ferrari、Lamborghini、Maserati、X6、Z4、SL、SLR……有的比你房子貴，敢買嗎？有的又不實用（對你很好用，對老婆「一點都不實用」）！

而重機，不折不扣是個玩具！

除非你的女人不在乎頭髮被壓垮，只能穿褲裝，天氣熱妝會花，更重要的是戴安全帽還是會晒到太陽！重機，純粹是你的玩具，男人的玩具。

所以，一旦決心買定，百分之百由你決定（只要你拿到同意的批文！）車款，顏色，一種數十年來難得的自由讓你感受到。

誰沒買過玩具！

國小，你要無敵鐵金剛，考試有沒有考第一名啊？

國中，你要買變速腳踏車，媽媽說不要太高級，會被偷！

高中，你要買兜風五十，媽媽說考完聯考，考上大學再說！（怕交女朋友影響功課。）

上了大學：要車開？你有沒有搞錯，別太過分喔！你爸爸瞪大眼睛說。

（看變形金剛的時候很有同感吧：你以爲老子會買保時捷給你嗎？哈，做夢！）

即使長大了，你還是像一個小孩子隔著玻璃窗看著裡面的玩具。（當然，你的玩具也「長大了！」）

「人因夢想而偉大！」你對自己說。

終於，你到了四十歲了。事業穩定（還養得起家），孩子還小（他的玩具你還買得起），房貸在繳（沒買房子想買玩具，做夢！）。

車子也算有啦！只是，哎，怎麼說呢：「Toyota就是一個傢俱！」

現在的你，想起了A whole new world歌詞唱著：

「Tell me princess（你是king 啦），when did you last let your heart decide?」Beatles唱著：「You got a ticket to ride……」

手邊有些現金，心中有股熱情，你不要老到只能擦車才行動，你要自由自在地買下大人的大玩具！

「幼稚！」她們說著。

「危險！」媽媽說著。

「要小心！我以前也會騎喔！」爸爸說。

「但是現在老了。」

03 我的重機路：什麼人玩什麼車！

關於男人的娛樂，

古代有句話說：什麼人玩什麼鳥！

在重車界說：什麼人玩什麼車！

當你排除萬難，力辯群雌，展現出男性不屈不撓的雄風後，辛辛苦苦拿到長官的批文後（通常會有許多但書，如附贈一台C200或是BMW320之類的）……

What's next?

你上網看論壇：Honda、Yamaha、Suzuki、Kawasaki這些日本品牌耳熟能詳，BMW、Ducati、Harley-Davidson這些聽說很貴，Aprilia、Traverson、KTM、MV Agusta、Triumph、這些不曉得是什麼東東……

首先，就重型機車而言，和汽車一樣，依照功能不同也分成許多種：

一、長途休旅車：類似SUV，大型，附許多行李箱，乘坐姿勢正常。幾乎每個廠牌都有其代表車種，包括BMW的RT及LT系列，Honda的STX及gold-wing（GL）系列，Yamaha的FJR系列，Kawasaki的GTR系列（不是麻辣教師GTO），Ducati的

ST系列（比較像跑旅車）等等。

二、街車：俗稱大野狼型，或是披著羊皮的狼（因爲小小一台可是卻是公升級的引擎）。以Honda CB系列最爲熟知，爲常見的市區用車（屁股癢想騎車就去買便當、紅茶）。乘坐姿勢正常，類似汽車中的小鋼砲。

三、仿賽車：坦白說就是在面前經過常讓你想丟石頭的那種（拉轉高速引擎大聲，過彎壓車，常上事故新聞的那種）！跑車型，低矮，乘坐姿勢辛苦，不宜雙載。慢騎很怪，騎快自以爲帥。應該在賽道上生存，卻只能在馬路上龍困淺灘，所以只好稱「仿賽車」。如Honda的CBR，Yamaha的R1，BMW的S1000RR，Ducati1098等等。

四、美式嬉皮車Chopper：首先你會想到哈雷。但是在美國，美國人會告訴你：哈雷不是Chopper，因爲後者專指客製化的美式嬉皮車（請見Discovery Channel的節目：American Chopper）。然後強調，「哈雷就是哈雷」（請見電影Pulb Fiction黑色追緝令中的布魯斯威利）。小細節表現出美國人的品牌榮譽，但那是美國人的事！在台灣這個事事差不多，強調fusion也不錯的社會，哈雷是不是Chopper，有差嗎？加上客製化的車很難進口，（成本原本就高，驗車要個別驗，排氣量高還不一定驗得過，常常要花數百萬！）所以只要是低矮，前輪長，把手長，軸距長，能長的都長，不論何種廠牌（SYM及Kymco也有），都叫美式嬉皮車！

五、多功能機車及越野機車：純種越野型機車由於功能在適應不同地形，常摔常跳，耗損量大，故多以排氣量不大（一五〇到二五〇CC），車輕、價格不貴爲主（摔壞了丟在野外改天再來拖）。所以在大型重機還沒開放之前就有許多玩家，但因爲不適合長途騎乘（座椅不舒服，無側箱置物），玩家多以小貨車載至營地，作爲露營野遊的玩具。多功能機車，因具備有越野車的車胎，高車身（常被誤稱爲越野車），可以適用各種好壞不同的路況，但因爲車身高大重量大，並不強調「越野」。代表車種包括BMW的GS系列，Honda的varadero系列，Triumph的tiger系列，Ducati的hypermotard系列等等。這些車因爲實用性高（高大帥氣、長短途騎乘都舒適），尤其適合歐洲、日本、台灣這種多山地形（加上台灣的爛路況），日漸受到歡迎。唯一的限制常常是「身高」（腳太短跨不上去）！

六、大型速客達：強調大型，因爲台灣實在是小綿羊之國（老外說的：millions of scooters on the crossroad，這點應該可以申請列入世界記錄）！早期速客達因爲皮帶傳動，無法帶動大馬力的機車（多爲五〇〇CC以下），因此有速客達就是指自動排檔小綿羊，低CC數、低馬力的刻板印象。如今因傳動技術的進步，速客達也陸續推出五〇〇、六〇〇CC以上的大馬力重型機車（大型速客達）。由於仍屬於自排機車，非「檔車（腳排檔機車）」，讓人有非主流重機的感覺。但是乘坐舒適及操作方便，也是某些人的最愛（實用但是比較不帥氣）！

再來，不同的國家有不同的鳥（不同的車）！

除了功能性的車種不同，什麼車廠出什麼車，也是一個考量。台灣雖然是機車大國（是騎的機車，不是人很機車），但是由於法令（先進國家都是鼓勵大型機車，抑制小型機車，因爲小型機車機動靈活卻容易造成交通紊亂，台灣卻是相反）、資訊、民眾觀感尚不成熟，在世界重機圈，仍屬於新生。目前機車大國仍以日本、英國、美國、德國、義大利爲主。

日本車觸目可見，代表著便宜、性能穩定、造型新穎、馬力強大。因爲日系的主流車種以街車（方便），仿賽車（性能強大）爲主，因而有此印象。加上比起歐洲車便宜許多的售價，方便維修（台灣的機車技術幾乎全部承接於日本）及充分資訊，成爲多年輕人進入重機界的首選。然而強大的馬力，輕巧的車身，加上血氣方剛的帥氣少年，常常把馬路當賽道（在賽車道不會有對向來車），拉轉（就是催油門）當韶樂，壓車過彎當走秀，穿梭車陣當性能表演，讓一般民眾，及開車族對重機族產生成見及對立。（許多年輕騎士還養不起汽車，無法體會開車族對重機族的感受！）

英國機車在台灣的經典品牌（好像也是唯一）就是凱旋機車（Triumph）。車行老闆常常會告訴你許多電影及明星搭配著Triumph的美麗畫面。英國車常常和經典、傳統等「老」的感覺有所串連，連帶使得品牌常集中在喜好懷舊品味的中年人。近來因爲要開拓年輕人市場，車型設計開始呼應年輕人喜愛的超跑、科技化的線條。不過在台灣仍然屬於小眾市場。

德國車首推BMW（寶馬！爲什麼這樣翻譯，天知道！）暱稱爲Bimmer（美國），或米漿（台灣）。在台灣，代表的是貴（有錢人才騎得起！）、安全（強調全車系ABS）、先進（電子設備先進，可一旦壞了……）。簡單一句話（車友說的）：「想耍帥又怕死！」代表引擎爲水平對臥雙汽缸引擎（目前排氣量擴充爲一二〇〇CC），代表車種爲長途休旅車系列（RT系列）以及全功能車系列（GS系列），用以適應歐洲多山路的地形。然而BMW機車一樣涵蓋各車種包括仿賽車（批評者說：「貴死人又沒日本車快！」見仁見智）街車、純種越野車（強調簡單輕巧，可以跳的那種）等等。基本上「安全」是BMW最高的稱讚。（但並不表示摔不死人喔！）騎造車的理念：「讓你騎多快就要讓你能安全地停下來！」

順便一提，賓士沒有生產摩托車。

順便一提，大部分機車不會比同品牌的汽車貴，除非是某些有收藏價值的特殊車。

義大利有許多品牌，諸如我們父執輩當年引以爲騷包的偉士牌（Vespa），然而在重機界最聞名的當屬Ducati（杜卡迪）。由於是GP比賽的常勝軍（所以叫重機界的法拉利），使其在仿賽車的市場有其崇高的地位。但也因爲義大利人固有的美學及造車的偏執，很難顧及到「舒適」這種元素！對於爾等如此中年的男性，實在是「屁股及腰部無法承受之帥」。特有的L型引擎，帥到不行的線條（搭配的應是D&G的義大利男模）！惑於它的魔力，你可以節食練腹肌只是爲了不想破壞畫面的美感（說眞的，它可沒有設計容納大肚腩的空間）。好處是，「擺著不騎也好看」。（腰不好也不能常騎！）

美國機車，首推哈雷及Chopper。誠如上述說明，哈雷不等於Chopper。但是純種的American Chopper在台灣幾乎沒有，加上哈雷在台灣的歷史傳統（國慶憲兵，總統前導），使得它成爲美國機車的代表。鍍鉻車身（要常擦！）、大型V型汽缸（騎過的都知道：「烤蛋蛋」）、車重軸距長（倒車別害羞，大家都有過）、特有的三拍子浪聲（因爲跑不快所以聽得到）、加上品牌族群的獨特性裝扮，使得哈雷成爲中、壯、老年（車身低還跨的上去）品味的表徵。他們優游在路上，裝扮十分特色，引擎浪聲澎湃，行車速度一般，休息時除了喝咖啡就是猛擦車子（有時候要順便把鬆掉的螺絲鎖緊），然後又一派輕鬆地回家！

騎不快？其實你要騎多快，能騎多快？偷偷地告訴家裡的女人們：四十歲的男人只是想耍帥！快，沒那個膽啦！況且「千金之子不坐危牆，不死於盜賊」，也不想死於車禍非命！活著才能夠享受freedom，享受七年級的尖叫聲！

「男人眞是膚淺，愛面子！」妳們不屑地說。

「我們的確是啊！」

妳們可以不屑我，但請不要阻止我！

重機，我來了！

不要阻止我！
重機，我來了！

04 我的重機路：車友如兄弟！

四十歲是什麼年紀？

小孩還小，當不成你的朋友。（可是你做什麼他會偷偷告訴媽媽！）

老婆有點老（不要老想郭台銘，你沒那個命），刺激活動不想要！（她們夢想的是時尚發表會的貴賓或名牌ＶＩＰ。）

你回顧自己的人生：

二十歲、三十歲時，那些歃血爲盟，有情有意的麻吉們？

同學們同行同業，但業務繁忙各奔東西，多的是跟在老闆主管後面，匆匆碰面只夠揮手喊著：「有空要出來喝一杯！」同梯的同袍（當兵的啦！）各有所長，或落魄落跑，或成就斐然，見面不是很難就是週轉（這種還是不要常見）！

至於有些傢伙當年追女生時間都不夠了，哪還有時間培養死黨感情！

你呢？

結了婚，生了小孩，空閒時間一半要給家庭活動！

「同事」，是一種亦正亦邪的動物。
因爲親近，了解你的喜怒哀樂，
但也因爲親近，讓你能分享的分享，不能分享的要保留，
以免有朝一日，朋友變成敵人！
這種情況下，如何能培養出革命情感！
（《集結號》，《Band of brothers》，《Saving private Ryan》……）

有時候，你孤單啊……

人生不相見　動如參與商　今夕復何夕　共此燈燭光
少壯能幾時　鬢髮各已蒼　訪舊半為鬼　驚呼熱中腸
焉知二十載　重上君子堂　昔別君未婚　兒女忽成行
怡然敬父執　問我來何方　問答未及已　驅兒羅酒漿
夜雨剪春韭　新炊間黃粱　主稱會面難　一舉累十觴
十觴亦不醉　感子故意長　明日隔山岳　世事兩茫茫

——杜甫〈贈衛八處士〉

「你想要你的麻吉！」

有人說要培養興趣，所以你想到了：

「音樂」，別鬧了，手指都快硬化了！小提琴抖音可能要喝半瓶高粱才抖得起來。楚留香是唱的出來，但吹不出來！不過音樂老師好像都長得不錯，可以考慮。可是學的比小孩差，很糗耶！重點是：「找不到伴啊！」請你試著問問看你身旁的中年男人，有誰會想學音樂！以樂會友，做夢！

運動，這個好像不錯！可是這種網球以上，高球未滿的年紀，要慎選運動！游泳太孤單，羽球要打得好才帥（現在找教練也要一點時間練成），籃球網球體力不比三十歲！高爾夫球？別傻了，你負責工作開會，你老闆才能輕輕鬆鬆地去打球！

簡單說：

「你需要低養成需求、高效率耍帥、同等社會階級、低等競爭壓力（low peer pressure）的同儕團體！」

有什麼比轉動鑰匙，按下啓動鈕簡單！

汽車！不要說你喜歡三門喜美加上超大型尾翼，或是三菱Lancer外加大口徑排氣管，轟轟過街吵死人還自己爲很帥！你瘋了嗎？那是三十未滿的事！況且你以爲到處都會有富家女遇上流氓男的故事嗎！現在的你，看的應該是保時捷（至少三百萬），或至少BMW630（四百萬）以上，MB的SL（五百萬）也不錯，否則也要E coupe（三百萬起），Audi的A5 coupe（約三百萬）也可以啦！又說朋友的朋友有台法拉利（上千萬），某某的人有Aston Martin（八百萬起跳）！

我要的不多，馬丁尼還喝得起，但馬丁車？這價錢和我年薪的倍數相比，十個手指都數不完……讓我死了吧！

什麼，連翁奇楠的小弟都開BMW 335Ci！我看用搶的比較快（被抓去關）吧！

上面的條件，實在要加上最重要的一個：低成本（bearable cost）！

路人的誤解，常以爲重機動輒百萬！其實最頂級的重機車，也不會比同廠的入門汽車貴。（BMW最頂級的機車也比320便宜的多，而吸睛度還遠勝於它！）你只要花幾千塊，考上重型機車駕照，買了機車，選了帥氣的防摔衣褲（看不到大肚子）、手套、野性又有型的安全帽……

突然，生活中開了一扇門：你看到許多一樣敢離經叛道（老婆眼中）的中年人，相近的年紀（會騎同類型的車相差都在十歲內），有類似的收入（買得起或買不起的東西都差不多），有一樣大的肚子，來自各行各業。沒有競爭性，卻分享者相同的抱怨，（老婆、女人、賤人、上司、工作、政治……）而且重機族長期處於社會的權利弱勢，反而造成堅強的團體性。當路上的車友揮著手向你打招呼，別驚訝，不爲別的，只因你是車友！此時心中的熱情慢慢被點燃。然後是大家騎車，打球，喝酒聊車，八卦，這種緣分，套句爽快的話：

「眞他媽的不知道是怎麼搞起來的！」

雖然一路上有人加入，有人離開。

我們還是心滿意足地說：「車友如兄弟！」

（右手握拳，輕敲左胸，你就是我們兄弟！）

車友如兄弟！

05 我的重機路：台灣之美。

登山的人都會說：「台灣之美，美在山林。」

這句話，重機族是舉雙手贊成！

要解釋這些，先說說台灣的濱海路線。

西部海岸線景觀普通，在西濱快速道路（台61線，西濱快速道路目前通車到台南）完工後，幾乎可以一路到底（由北到南依次是台2台15接台61接台17接台26）。然而路線尚未完整，是小小遺憾。景觀方面，近幾年節能省碳的口號大聲，從桃園以下到南台灣，全都排了整列大型風力發電機。喜歡的人覺得環保，不喜歡的人認爲又是一個破壞景觀的殺手。（奇怪的是許多風力發電機都不動，讓人懷疑一年能發多少電？）然而風力發電機也說明了一件事：西部側風強勁，對機車族是一大安全顧慮。尤其是夜幕低垂，正當炙熱退卻時，強勁的側風讓筆直的西部濱海公路少了點騎乘樂趣。

於是濱海路段最受歡迎的還是墾丁路段（台17接台26）。

或許是即將進入渡假勝地，心情自然輕鬆愉快！寬大筆直的屏鵝公路，晴空萬里映襯遠方山巒（雷陣雨都集中在午後），這是所有公路騎士夢想的樂園。

塞車？嘿嘿，That is your problem!

Not me, The biker!

東部的濱海公路，由南而北，可以算是墾丁旅遊線的延伸（同為台26）。從鵝鑾鼻（台灣最南端），風吹沙，佳樂水，滿州，旭海，到壽卡（台9線最高點）接台9線，都是美麗自然的山海景色。然後北上到金崙及太麻里（花東縱谷的起點），一直到花蓮、新城。可惜的是由於花蓮是台灣大理石及水泥工業的基地，花蓮港又是良好的天然港口，使得大型貨櫃砂石車來回奔馳（由花蓮北上多，南下少），尤其是到進入蘇花公路這條狹窄的血管。台灣的後花園卻有著來回無止盡的貨櫃砂石車，實為現實與夢想最大的矛盾！

從蘇花公路（台9線）北上，到北部濱海公路（台2線），擁有絕壁山岩及浩瀚的太平洋景色，但異常擁擠的交通，常常讓任何人喪失旅遊的興致。

無論如何，濱海公路還是提供一種寬廣的熱情，不論是東西部的景觀，加上隨時可以享受各式快炒海鮮的餐飲休憩所，提供便利愉快的旅程。

只是，所有的濱海公路都有一個最大的「機車敵人」：「無處躲藏的烈日驕陽」。（畢竟是台灣，不是加利福尼亞，陽光一點都不溫和！）

於是，山野林間的優美道路成爲台灣的代表！

感謝發達的高速公路、快速道路系統，成功地轉移通勤及商業車輛，把山林留給休閒娛樂產業。除了大家熟知的北橫、中橫、南橫、南迴公路，還有各式各樣的縣道，風景優美不輸日本歐洲。三橫一迴由於假日旅遊交通量大，加上常受風災及土石流的摧殘，常常處於路段維修的狀態。而各地區的縣道由於開車族少走（怕路不熟繞不出來），所以車流不大。加上多屬於郊區的農村道路，田園景色盈目。唯一的缺點是屬於「在地人」的私房小路，宣傳不夠多，路不寬，常爲雙向單線道，路況不確定（尤其是台灣人喜歡開「大休旅車」）。然而近年來休閒產業蓬勃發展，GPS使用普遍，網路及媒體的推薦報導，也出現許多熱門路線。

北部的景觀路線最主要久享盛名的是陽明山溫泉區（旅遊區塊延伸到北濱海），往下則有北橫（桃園復興台7線經棲蘭到宜蘭員山）。由於擁有穩定的路況，完整的林場景觀，又連接北、桃和礁溪、宜蘭等東部旅遊勝地，屬於規劃完善的休閒路線。桃園以南如三灣等地，假日幾乎人滿爲患，但是大溪到新埔的桃20縣道，杳無人跡的悠閒景致，沿途田園景色，彷如置身於日本鄉間。

中部最受歡迎的當屬合歡山武嶺路線（台14），也是台灣最自豪的一條公路旅遊路線。畢竟能在三小時內由台中市最熱鬧的新光三越百貨公司，一路玩到海拔高達三二七五公尺的武嶺（台中市—台63中投公路—國道六號—霧社—清境—武嶺合歡山），實爲舉世罕見。更誇張的是：「沿途都有東西吃，有地方睡」（從台中七期最負盛名的汽車旅館，到清境特色民宿，最後到武嶺腳下松雪樓）。山下還有台灣之光日月潭，從台中出發，無論規劃幾日遊，都能盡興。雖然如此熱門，但是國道六號通車後，有效的分流汽車（國道）和機、腳踏車（中投公路接台14線），使得台中到埔里段已少塞車情況！無奈是埔里清境段則無解！

除此之外，腳踏車、機車族常談的私房路線當屬縣道136（台中、太平、往龜溝接台14國姓埔里），及縣道139（台74中彰公路接台74甲線往芬園、草屯、南投和員林）。沿途有許多景觀餐廳（咖啡簡餐小火鍋，好看不好吃），土雞城（好吃不好看）。但因爲車流不大、山路起伏，是腳踏車族喜愛的鐵腿路線。

雲嘉南地區，由於屬於平原地區，省道縣道較無差異。車流純因所經地區爲工業區或農業區而不同。交錯的縣道常常讓開車族東西南北搞不清楚（台灣開車族只習慣南北向），因而卻步。然而探索未知就是旅遊的目的，驚喜就是甜美的果實。最好選個沒有負擔的假日（以機車或腳踏車代步，愈慢愈好），盲目地沒有方向（如台145埤頭西螺到斗南），來探索這些輕鬆愉快的台灣鄉土。

合歡山，夏。

高屏地區除了發達到不能再發達的墾丁地區外，高雄往南的美濃（台26），屏東的三地門（台24）、石門、牡丹（縣199），滿州，旭海（台26線及縣道200），都爲恬靜的村鎮景色。南橫（台27，台20）由於年前風災的關係，還在休生養息的階段。於是南迴線（台9線楓港到達仁）成爲南台灣西部往東部的要道，但由於較無重工產業，工業車輛較少，仍屬於風景優美的觀光交通線。

最後，不能不提台灣地方旅遊的幾個大功臣：

第一、是遍布全台的二十四小時便利商店！由於他們的密集度，使得台灣成爲全世界生活最便利的國家。他們使得走路環島、腳踏車環島、機車環島、汽車環島，無論你要怎麼環島，都成爲可能！

第二、全台公路線上無數的檳榔攤和檳榔西施（無論老少）。在GPS不發達的時代，她們就扮演了人工GPS（相信你會很「興奮」的問路）。如今雖然GPS普及，然而她們的便利性（不用停車）、在地性（私房景點，店家比較）、娛樂性（暴露性？）都是無可取代的優點。

第三、永遠都熱情洋溢，勤勉工作的台灣人。出過國的人都知道，只有在台灣，無論何時何地，都有地方玩，有地方休息。大小城市有夜市，有KTV，荒郊野外也有乾淨便宜的民宿（沒辦法，台灣人是最不會「休息」的民族）。台灣人工作時間長（怕賺不到錢，所以店都開很晚），於是休假也努力地玩（怕沒有「休假」的感覺）。

常常是工作累，休完假更累！

台灣人，
你累了嗎？
放輕鬆。

06 — 我的腳踏車環島：
從Long Way Round到around the island。

Every journey begins with a single step！

二〇〇三年四月，某一個星期六下午，我走進一家位於Primrose Hill的地圖店，買了張世界地圖。我攤開地圖看著三大洲，沈浸在白日夢的冥想。然後打電話給Charley Boorman，「我想在明年的一月到八月騎重機環遊世界！」

——Ewan McGregor《Long Way Round》

於是，這兩位先生，**Ewan McGregor**及**Charley Boorman**，於二〇〇四年四月十四日從倫敦出發，經過歐洲、西伯利亞、北美洲，四個月後回到倫敦。

你可以想像，十九世紀末，幾個叫孫文、陸皓東、陳少白的年輕人在廣州喝茶聊天。談的是推翻政府之類的事。

二十餘年後，滿清政府垮台。

二〇一〇年的六月，我走進藤吉（市民廣場旁的燒烤店，台中），鐵人二十八號正坐在吧臺，前方排了一列空酒瓶。

「兩件事。」我說。

「第一，十月份換新工作！確定。」

「恭喜啦！喝一杯。」

彷彿這世界都是喝酒的理由。

「第二，和你有關！」

「What? Good or bad? Give me a hint!」

「不好不壞吧！」

「With your permission，我們騎腳踏車環島。」我說。

你可以想見，他接下來的反應。

「What? are you kidding?」

「Just you and me?」

「When? Why?」

「…………」

總之，他把英文的「6W（Who、What、Why、When、Where、How）」都問完了。

P.S. 鐵人二十八號從事英文相關事業。

對一個成年人而言，麻吉的重要性，在這個時刻展現。

他了解你。

當全世界的人都覺得你只是說說而已，他知道你是當眞的，這是默契。

他停了一下。

「給我考慮考慮。」

爲什麼環島？

人性對某些事情總有些莫名的執著。就好像四十歲生日，就比三十九歲不同；好像存款到一百萬，就是比一百零一萬有意義；台灣全島大約一千兩百公里，而環島，硬是和台北高雄來回兩次不一樣！前者稱爲壯舉，後者被罵無聊！沒爲什麼，這世界就是這麼運作的。

其次是騎腳踏車這件事！

全世界腳踏車做的最好的地方在哪？答案當然是台灣。但是「在台灣騎腳踏車是一件危險的事」，是不爭的事實。台灣地小人稠，汽、機車幾乎等量流通於道路上。行人和腳踏車常常是弱勢（即使小綿羊呼嘯過你身旁，也很可怕），加上天氣炎熱，都市空氣不佳，都使得腳踏車難以成為通勤工具。就算現今節能省碳觀念風行，但礙於效率及安全性，多數腳踏車僅止於運動休閒器材。而吾人既非腳踏車玩家愛好者，亦非綠色和平組織激進份子，但為避免自外於風潮，環島就是最好的選擇！

要做，就做値得紀念的事。

「這是面子問題！」我說。

「想想看，當身旁幾個腳踏車瘋，在那裡誇口攻武嶺如何如何，線道139、136如何又如何時……」

「環島？」你問。

「沒……沒有耶。」

於是你輕放酒杯，低聲地說：「我環過了……」

（最好配合周星馳的表情：曾經滄海難為水啊！）

單那場景，想起來就很爽吧！

最後，就是「四十歲」的問題。

簡單！此時不做，更待何時？

試想！一旦我們光榮地完成回來，那些沒跟到的酒肉朋友們，後悔也來不及了。因爲酒友們，車友們，親朋好友同事故舊，想去的早去了！一旦你羨慕才起意，也找不到同好了。因爲這是群聚群力才能完成的事（畢竟需要有同儕壓力和加乘效應才能完成）！

很難嗎？

蜀之鄙有二僧，其一貧，其一富。

貧者語於富者曰：「吾欲之南海，何如？」

富者曰：「子何恃而往？」

曰：「吾一瓶一缽足矣。」

富者曰：「吾數年來欲買舟而下，猶未能也。子何恃而往！」

越明年，貧者自南海還，以告富者。富者有慚色。

西蜀之去南海，不知幾千里也，僧富者不能至而貧者至焉。人之立志，顧不如蜀鄙之僧哉？

——清 彭端淑《古文觀止》〈爲學一首示子姪〉

「就算牽著走，終究也能走回來！」我說。

（更何況全台灣有數千家的便利商店在支持著我們。）

於是，環島，腳踏車，四十歲！

We will do something "Remarkable!"

07 我的腳踏車環島：Just do it!

子曰：「德不孤，必有鄰！」

吾曰：「志不低，必有合！」

經過兩星期的考慮後，鐵人二十八號終於點頭！

一旦決心（其旁人也在測試咱倆倒底是酒後亂語，還是金石決心），馬上又有了三個同志響應（此時不跟，更待何時）！

第一、是腳踏車問題。

什麼車？

很多人花很多心思討論腳踏車好壞合適與否。

關於這點，鐵人二十八號是這樣說的：

「基本上兩點：買得起，掛起來好看。爲什麼？因爲騎完這一千多公里，這輩子應該不會想再騎了！」

「掛牆上，告訴兒子：『老爸當年就是騎這台環島的！』」

的確，再好再輕，也是「腳踏」車。

有人說：

「平常都沒騎，沒練怎麼騎？」

「萬一騎不到，很糗！」

「行李怎麼辦？下雨怎麼辦？車禍怎麼辦？爆胎怎麼辦？」

如果你有耐心，應該可以蒐集到一百萬個不去的理由！

何必呢？不去，是因爲不想去。

有決心，反掌折枝之易吧。

Nike說："Just do it!"

當然，我們是有一些認知：

當Ewan McGregor及Charley Boorman在討論騎重機環球時，專家告訴他們：

「任何冒險的旅程，都不要抱持著第一次就成功的心態！」

有許多因素會造成失敗，包括車禍、天氣、家庭工作的偶發事件。所以我們不強求（但要趁早行動，試了幾次總會成功）！我們有必成的決心，但不必冒必死的危險！

沒成，下次再來。

其實，百分之九十九的人無法去做「騎腳踏車環島」這種事，單純的只是因爲無法休長假！

二〇一〇年八月十四日到二十五日，我們一行五台腳踏車及一台箱型車（行李載運、支援救護）順利完成環島之行。

成員包括兩位大學生，因正逢暑假，沒有請假的問題。一位是當了二十幾年的牙醫師（和大學生是父子檔），工作已經成了興趣，平常就騎腳踏車運動，也認爲這是唯一環島的機會，所以決心休假來完成。而鐵人二十八號是補教業，剛好在招生空檔走的開；而我，一個骨科醫師，也只有在轉換工作才有機會休長假。

至於時間的選定，除了上述參與者的生活工作考量外，天氣、溫度、颱風的可能都曾經引起討論。只是這種恐懼如果無限放大，永遠去不了。

所以不囉唆，結論就是：「走吧！」

台中─（台3）─嘉義─（台3）─高雄─（台17接台26）─墾丁（兩夜）─

（台26）—金崙—（台9）—玉里—（台9）—花蓮（蘇花段火車運送）—礁溪—（北宜公路）—烏來—（竹20）—竹北—（台1）—台中。共十一天，約一一○○公里。

完了，結束了。

一切盡在不言中！

「才怪，好歹要笑談個十年才爽！」鐵人二十八號說。

「你們應該會傳頌一輩子吧！」孤單米老鼠說。

第一個感想是：團體的力量。如果你時間不限，預算無上限時，個人出發當然不是問題。出發的第一天才發現：原來全台灣充滿各式各樣環島的人！不信你到台1或台3線上的便利商店看看。

在往嘉義的路上遇到徒步環島情侶檔，已經走了三十天；苗栗海邊遇到滑直排輪環島，這是他的第二天；單人孤鳥、雙人一對，沒有後援車，騎了就走的不及備載。比較起來，我們眞是豪華環島團（不必載行李，吃好睡好）！了解以後發現，最常環島的是剛退伍了年輕男性朋友，尙待業中，無時間限制，但克勤克儉，達成自我實現。而女性同胞則多參加有後援車，團體辦理的腳踏車環島（國內各品牌自行車都有揪團），雖然少了隨性的自在感，但是安全可靠（彷彿回到年輕時代的救國團活動）。

可是當你有收假壓力，成功與否茫然時，個人行動很容易放棄努力（人性是脆弱的嘛）！朋友的存在，能互相激發彼此最大的潛能（輸人不輸陣）！所以團體帶來壓力，也帶來鼓勵，兩者都驅動你前進。當鐵人二十八號在壽卡金崙段幾乎要放棄時（其實我騎最慢），就是團隊帶來的激勵和刺激，讓他渡過最覺困難的一段。騎車雖然是很自我的，因爲每個人的速度都不一樣。但對未知挑戰的恐懼，害怕失敗的恐懼，每個人的都有。無論如何渡過了一天的辛苦，大夥晚上餐聚的歡樂，也能讓你一天的疲勞迅速散去。

你不孤單。

其次，也是許多人關心的問題：瘦了不少吧？

答案是：「完全沒瘦！」（量體重時簡直不敢相信自己的眼睛。）

頭幾天騎乘的結果，自信能瘦個好幾公斤。畢竟那種流汗如雨的情況，對我等胖子而言，簡直如八八風災的雨量！深信這樣的成果，必然相當顯著。由於每天的早、午餐大多是在超商解決（早餐後彼此距離就拉開了），晚餐是大家唯一歡聚的一餐，整天吃的量並無多大改變！但水份的充分補給，預防中暑是相當重要的！無論如何，短時間的大量運動的確無法迅速降低體重，但是下半身的確變得結實許多，尤其是臀部到大腿的部分。

其實單純藉由卡路里的消耗，是很難「瘦」（結實不等於瘦）。要降低體重還是要靠攝食的逐漸減量。然而運動會改變身體成份比例（脂肪變肌肉），加強新陳代謝，改善周邊循環，強化心肺功能。而最好的運動是長時間的和緩運動（持續三十分鐘以上的有氧運動）。騎自行車對下肢而言屬於低衝量的運動，對髖、膝、踝關節能有溫和持續性的活動刺激，是屬於安全、復健層級的下肢運動。而台灣是全世界的自行車大國，生產品質優良價格合理的自行車，只要騎乘環境持續改善，這股風潮必將持續風行。

最重要的是，"Just do it!"

臺灣最南端
C.H.

08｜我的腳踏車環島：你要知道的幾件事。

第一、再次強調騎腳踏車是件危險的事！

不可否認的，腳踏車是一個弱勢的交通工具。低包覆性、速度慢、反應慢。單單小綿羊從身後呼嘯而過的風壓，就常讓人不知所措，更別說公車或卡車。郊區道路常常沒有快慢車道分流（只有路上劃條線），所以建議騎車時不要聽音樂，保持聽的警覺（後面有車，主動避開）。身邊有車，無論大小，都要有閃避動作，主動積極地宣示「我怕你」！

此外，「回頭」不難，但很危險（腳踏車多無後照鏡，因爲會很醜）！而團體騎乘常常需要「回顧」後面車友，要儘量小心，車速慢的時候才能回頭！聯絡盡可能以藍芽耳機，單手騎車加上講電話，必摔無疑（一煞車，車頭偏，摔）！

許多人喜歡騎公路車（帥氣專業，但實在不習慣下檔一包的感覺），屈身低頭以降低風阻的姿勢，使得視線不良，加上不想煞車的習慣（好不容易踩上了速度，不想浪費），一旦「快」，就很危險。更壞的是台灣可怕的道路品質，坑洞隨時出現。腳踏車的車不重，車輪觸地面積小，所以煞車效率低（行家說那是「減速裝置」，不是煞車裝置）！

第二、一天一百公里，每個人都做得到！

我們聽過四天三夜環島，一星期環島，十天、二十天環島！個人要幾天環島，當然也看你的目的爲何？自我放逐（進行曲）？自我實現（老子做過）？家庭問題（和老婆吵架）？創紀錄（更快，更短時間）？對於很肉腳的新手如我輩者，一天一百公里的規劃是可以達成的，既不太慢又不太趕（總是要有心情欣賞風景）。建議行前可撥空試騎，一方面給予自己信心，也有心理準備。無論如何，捨去一些沿途景點是必然的，因爲腳踏車不比汽車，繞景點只多花很多體力及時間。畢竟這次的目的是：「完成環島」。

第三、許多因素不是你能控制，如：天氣。（此次最熱時，溫度表高達攝氏四十四度，二話不說，休息！）

還有家庭、工作、身體、團體的各式突發狀況。所以絕不勉強，一切以安全爲原則。畢竟人人都有家庭老小，而千金之子，不坐危簷。只要有心，下次再來。

第四、救援車是必要的。除了救（車禍、傷病）援（爆胎、茶水、行李衣物）之外，它還負責勘路，決定住宿點！曾經在網路上預先定好的飯店，救援車勘路發現，竟在離市區三公里路的半山上（所以網路照片景色優美），當你已經騎了一三○公里，極度渴望休息時，這絕對不是開玩笑的，於是當下馬上改換合適的住宿點。此外它也是到達目的地後的交通工具，（眞的，讓屁股休息一下吧！）載著大家前往晚餐歡聚！

最後，腳踏車讓你用另一種距離感來看世界。走路，約時速五公里；腳踏車爬坡約時速六公里，平路約二十到二十五公里；機車時速大約四十到一百公里，汽車八十到一百五十公里。各種速度提供不同的環境互動，但愈快一定互動愈少。台灣人慌張急躁的個性在交通上顯露無疑，但跨上腳踏車，就被迫用腳踏車的速度看世界。恆春十公里，在汽機車上，你感覺快到了；但踩在腳踏車上，可是「天啊，還要十公里！」（高底起伏的公路至少要半小時以上。）

至於路上遇到的那位托缽步行環島的行者，他應該都看破了吧！

最後，感謝美好的天氣（只遇到兩天午後雷陣雨），一路平安無人受傷（但全體總共爆胎五次），雖然沒有減肥成功，但無盡地感謝。

陳之藩先生說的：

「要感謝的人太多，就謝天吧！」

腳踏車讓你用另一種距離感來看世界。

09 我的音樂學習。

被音樂吸引，不知道是因爲音樂本身，還是玩音樂的優美形態。港劇楚留香，橫吹長笛帥打惡人的英姿，是國小時留下的印痕。

所以在小學吹完八孔直笛後（或稱爲木笛，不知爲何所有國小都吹這個），經歷了國中、高中的升學壓抑，上了大學後我買了第一把長笛。

幾個失望馬上產生。

第一、長笛上佈滿按鍵和結構關節，細緻脆弱感油然而生，完全無法拿來武打比劃！

第二、吹不出優美的音樂！雖然樂器本身很漂亮，你可以拿的很優美，但一吹就破功！（好像漂亮的台灣女星在國際舞台說著一口破英文。）

有些事，需要長時間的養成毅力。

五、六年級的時代，台灣的經濟進入穩定期。家庭經濟溫飽，國民教育普及。

升學壓力開始加大，學校教育完全朝向實用主義。身爲陶冶身心的「音樂」，除非作爲未來的專業（女生爲多），否則是屬於枝微末節的「伎倆」。不可否認的，當同學提著一個小提琴，往往成爲眾人注目的對象！

如果是男生，印象常是：「他家好有錢！」（男生被賦予當醫生的使命，音樂只是技能。）

如果是女生，印象則是：「她以後一定是個彈琴的長髮美女！」（可以嫁個門當戶對的好老公。）

由於我是男生，但家境普通。所以音樂這種伎倆，只能由自己開發，完全無法靠家人。基於對自己的期許，和對於「會玩樂器」的羨慕，於是開始自立學長笛。

如今回想，竟已二十年了！

萬事起頭難，但還眞沒那麼難！難在心裡，不在手上。難在於起頭的單調無趣，進步緩慢！沒有基礎，就無法和同好分享合奏（剛開始瘸腳的吹奏還成功的把社團活動給「搞砸了」）。而眞的不難是因爲「沒有壓力」，畢竟非做爲專業。時間慢慢過去，練習反而成了紓壓調劑（吹管樂器可把一天的鬱悶吹掉）。除了常常會引起身旁的室友家人嚴重抗議（長笛是高音樂器），否則在自己的破爛吹奏當中，感受微步向前的進步，也是一種喜悅。

一年一年過去，常給自己訂定個小目標去達成：大學社團小表演、服役時軍中望年會、總醫師時醫學會表演、醫院的耶誕音樂會……慢慢地克服這些小挑戰。也慢慢地累積進步和經驗。更重要的是，藉由音樂這個興趣，認識了許多同好。

由於不是專業（不好意思，終究還是個醫師），同事對演出品質並不苛求（貝多芬、莫札特大可不必），也因爲是爲團體活動付出，增加活動熱度，常常贏得肯定（同事表演比花錢請專業演出更有尖叫聲）。音樂表演成了激發同事熱情的最佳催化劑。（當主辦同事焦頭爛額找表演時，絕對沒人批評你「愛現」。）

於是，基於長笛的經驗，加上對於低音樂器的著迷，又和另兩個同業的前輩一起學習大提琴，一切從零開始。

其實，許多人對音樂學習有許多誤解：

一、樂器都好貴喔？

不要老是被媒體牽著鼻子走！不是每個人都要拉Stradivari的名琴。車子有雙B有勞斯萊斯，但也有March和Yaris！一般而言，目前低價弦樂器幾乎都在大陸生產（即使高貴的歐洲琴也有大陸ＯＥＭ代工），而平價的管樂器，台灣的品質就已世界聞名，這些都是高貴不貴的樂器。重要的是：「樂器幾乎可以用一輩子！」除非你能力增加，自感當下這個樂器已經無法滿足你的耳朵，在經濟能力許可的情況下，當然可大手筆買個高檔貨（樂器也是個美麗的藝術品，就算當擺設也好看）。以本人目前的大提琴課而言，教室內的樂器從兩萬到二、三十萬都有，一樣玩得不亦樂乎！然而高級樂器市場混亂，眞假問題，價格亂喊，和所有藝術品市場一樣。加上資訊封閉，老師抽傭程度不定，維修品質無保障等等。怎麼選？

首先，你不是投資藝術品，你是投資自己的興趣和能力。買得起，聽的舒服，和自己耳朵同等級的就好了！至於朋友介紹的老師，或未來漲跌，請擱在一旁。

買的心甘情願就好，「甘願就好」（就像選老婆，常常覺得別人的比較好，是人之常情）。

二、學費好貴？

音樂老師貴不貴？因人而異。原則上，名氣大，一對一教學就貴（除非你要當馬友友）；而音樂系所在學學生，團體班教學，學費就大幅降低！

三、我沒有從小就學，已經喪失學音樂的最好契機？

如果你要當馬友友、朗朗，這是沒錯的！可是如果你只要吹楚留香或周杰倫，那大可不必這麼悲觀。

本人的銘言：

「英文有二十六個字母，加上大小寫有五十二個；日文有五十音，加上平假名、片假名就上百個，這些你都背得起來；而兩個八度只有十四個音，加上幾個常用的升降記號（如升Fa，降Si）也不到二十個！而兩個八度幾乎涵蓋所有流行歌曲，都可以演奏！（人的音域就這麼寬。）」

只要你大膽走進來，會發現這音樂的路上有許多和你一起追求興趣的同好。共同的感想，都是：「原來開始並不困難！」有學鋼琴的貴婦、學小提琴的牙醫師、學長笛的護理長、學大提琴的開業醫師……有些人是彌補小時候的夢想（誰叫周杰倫在不能說的祕密電影裡彈琴很帥），有些人是陪小孩一起學習，有些人是因爲伴侶是專業音樂家。各式各樣的理由把許多同好拉到一個屋簷下，一個演奏廳。我們和音樂教室的小朋友一起參加發表會，從小星星、小蜜蜂開始飛揚！

常常會聽到這樣的問候：

「哇！某某醫師，你也帶小孩來參加成果發表啊？小朋友幾歲了？我們家小孩學了幾年幾年了，還去檢定第幾級……」

「不好意思……」我說。

「我也是來表演的學生！」

10 遲來的音樂課：台中市醫師音樂協會。

如果說二、三年級的台灣人，對失學的遺憾是表現在榕樹下的二胡月琴彈唱。那三、四年級的台灣人，就沒有那麼消極。忙碌了一輩子，有一些人決定挺身而出，縱使身爲老闆、主任、院長，他們不怕你笑話，願意拿起「樂器」，從零開始，圓一個音樂的夢。

你不可不知的：台中市醫師音樂協會。

五線譜不會看？沒關係，我們看簡譜！

從來沒學過音樂？大家都是從零開始！

樂器很貴嗎？后里做的Saxphone高貴不貴！

吹不好怎麼辦？拜託，那麼多人一起吹聽不出來啦！

不是醫師可以嗎？音樂協會以醫師爲主（發起人），但不以醫師爲限，各行各業都有。

我很害羞，不太熱情？沒問題，這裡的人將讓你體會什麼是熱情！

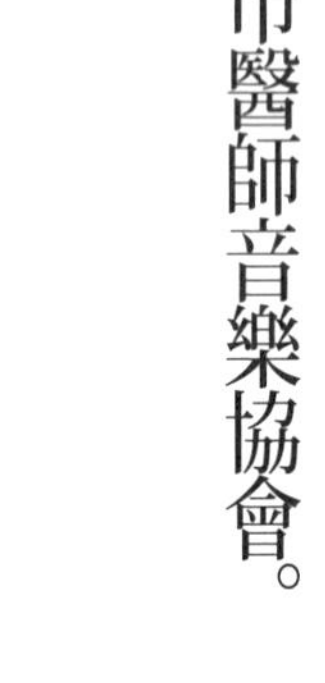

這一切，要從音樂協會的靈魂人物，台中市婦產科診所丁鴻志醫師說起。

每個團體，都有一個靈魂人物，把他的熱情，理想，傳播給大家。音樂協會的成立，起源於丁鴻志會長的理想，及對Saxphone的熱情。或許是只是圓一個耍帥的夢（對此，尚未求證），卻沒想到會搞這麼大！從最初的親近同事呼朋引伴，找老師，設聯絡，一起修習Saxphone，漸漸初具規模。或許是遺憾當年讀書時期，音樂課都被拿來上數學英文。如今年過半百，當年一個個「考上醫科的優秀同學」，如今無不熱衷「補課」。吹的是望春風、可愛的馬、家後、Stand by me！我們不用貝多芬、布拉姆斯，我們要自己快樂自己爽！

於是，經過了幾年的經營，除了各年齡層的醫師外，有保險業、製造業等各行各業老闆、大員。除Saxphone班，還成立長笛班，鍵盤樂器班等等。在演出的後台，不論你醫界輩份，不論你白髮黑髮，大家互整領結，拉西裝，彷彿回到童年，個個都像小朋友上台一樣緊張兮兮！

的確，有些人當了一輩子威風凜凜的外科醫師，（台語說：「喊水會結凍！」）卻也是他人生首次在舞台上表演！

遲來的音樂課，卻最認眞！

二〇一〇年十一月二十八日，台中市醫師音樂協會集合數十名醫界及非醫界音樂愛好者，於台中中興大學惠蓀堂盛大公演，當晚全場四千多名觀眾爆滿，在一片Bravo聲中完美落幕。

認眞的人，最年輕！

二〇一〇年十一月二十八日
白袍與薩克斯風的邂逅

11 — 獨樂樂不若與眾樂樂。

每個人都帶著一個全世界最獨特的樂器，就是你的喉嚨。
樂器，只是引導你進入音樂世界的橋樑。
音樂，是一種莫名的東西，讓你莫名其妙的舒服。
你不知道，我也不知道。
爲什麼，
某些音樂就會讓你感動；
某些音樂就會讓你快樂。
這是無法單單的用科學上的共鳴來解釋。

在我們之前，學音樂是專業的（有錢人才學得起），
在我們之後，學音樂簡直和英文一樣，是必修（台灣一片月，萬戶音樂課）！
也就是說，玩樂器在我們的下一代，
是不會帶來任何驕傲的（因爲大家都小時候都學過）……

買名琴、找名師、發表會、檢定等級，要贏過別人？
何必呢，各位媽媽們！

爲什麼要贏！誰說玩樂器就應該贏得驕傲！
最好的學習，就是和子女一起學習。
如果你自己學音樂都一堆藉口，
又有什麼權力要求子女們認眞學習？
一起來，更快樂。
所以我們說「玩音樂」，
是因爲音樂能爲自己或旁人帶來快樂。
（老一輩的說玩音樂，因爲音樂不是「正途」。）
爲的是一起快樂。
若非如此，音樂有什麼意義呢？

一起來吧！

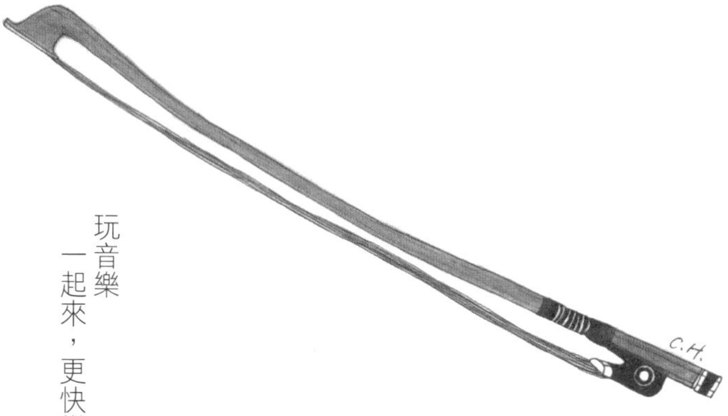

玩音樂
一起來，更快樂！

PART 05.

男人四十：
當他人尚在自喜 你已閃耀。

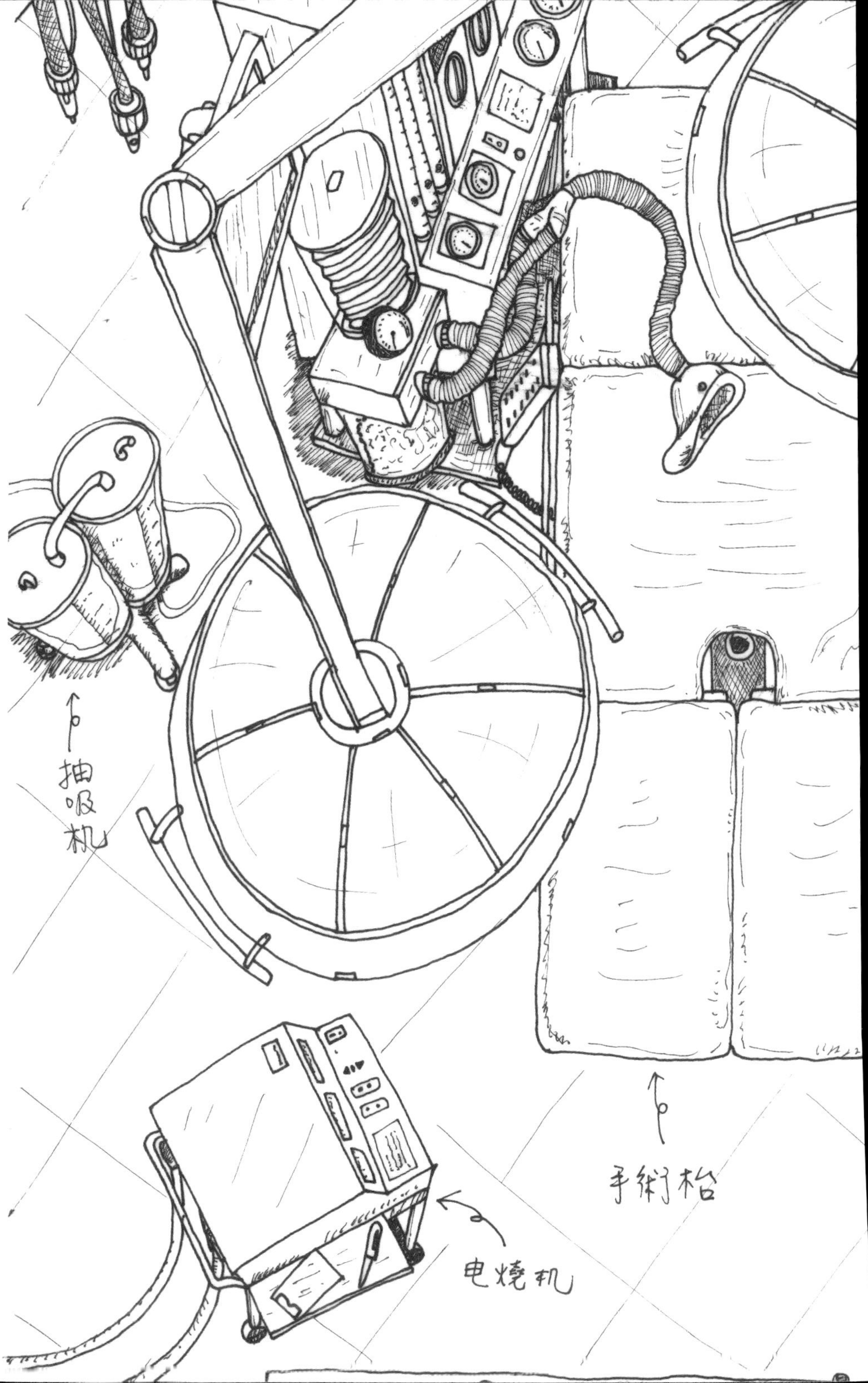
抽吸机
手術枱
电烧机

01 給男人的話，女人不要聽。

男人是「要」的動物。

媽媽說：

考試要考第一名，才會有前途。
老師評語要甲等，才能買玩具。
跌倒了要忍住，才會勇敢。
掉的東西要找回來，才會珍惜。
失去的東西要努力得到，才會成功。
不會的東西要讀到會，才會贏人。

要品學兼優，老師才會喜歡。
要整齊清潔，隔壁班的女生才會注意。
要考上好的高中，才會考上好的大學。

要考上好的大學，才會有好的工作。
要有好的工作，才會認識好的女孩。
要有好的女孩，才有優秀的小孩。
要有優秀的小孩，老了才有成就。
所以要有美滿的家庭，才有順利的工作。

爸媽罵要忍住，他們是爲你好。
老闆罵要忍住，老闆永遠是對的。
顧客罵要忍住，顧客永遠是對的。
同事罵要忍住，以後我爬得比你高。
失敗了要忍住，下次還有機會。

朋友說：
約會要牽手，才達到目的。
牽手後要摟腰，才有進步。
摟腰後要接吻，才算開始。
接吻後要愛撫，這是一定的。

愛撫完要上床，這就看你的能力。
要帶套子，這是基本的尊重。

要漂亮女人，這是基本款。
要大胸部女人，實在有感覺。
要小胸部女人，小巧又可愛。
要豐滿女人，柔軟好摸又能生。
要苗條女人，骨感穿衣又好看。
要清純女人，沒辦法，A片就喜歡看這種的。
要成熟女人，坦率自然好溝通。
要文靜女人，不會亂跑才乖。
要活潑女人，一起玩才有樂趣。
要傳統女人，以後可以幫忙照顧家裡。
要性感女人，帶得出去又讓人羨慕。
要柔弱女人，做愛青澀讓人憐。
要潮吹女人，驚天動地才爽快！

有錢的要娶，少奮鬥三十年。
窮的要娶，吃苦耐勞跟定你。
個性獨立的要娶，大小事交給她不用擔心。
個性怯懦的要娶，你是她今生的依靠。
學歷高的要娶，下一代更聰明。
學歷低的要娶，什麼都不懂只懂得愛你。
年紀輕的要娶，「幼齒的補眼睛」。
年紀大的要娶，「娶到母大姐，如坐金交椅」！
高的要娶，林志玲型大家羨慕。
矮的要娶，嬌小耐看做愛好用！

男人只有兩種情況不要：
窮了要不起，老了沒力要。

02｜給女人的話，男人不要聽。

女人是「不要」的動物

媽媽說：
陌生人給的糖果不能吃。
陌生人給的玩具不能拿。
陌生人說帶你找爸爸媽媽不能相信。
陌生人要你開門不能開。
陌生人要抱你不能抱。
尿尿的地方不可以讓人摸。

男同學不可以太熱絡。
讀書時最好不要談戀愛。
就算有「好朋友」最好不要超過牽手。（唉）

就算是「好朋友」也不能摟摟抱抱。（嘆息）
就算是摟摟抱抱也不能卿卿我我。（無奈）
就算是卿卿我我也只能點到爲止。（懊惱）
就算是眞的怎樣了，要記得帶套子。（完全放棄）

不要一個人去尿尿。
不要一個人走在暗巷。
不要一個人單獨和男生出去。
不要一個人旅遊。
不要一個人出國。
生理期不要喝冰的。

沒錢的男人不要交往。
沒前途的男人不要交往。
沒正當工作的男人不要認識。
家庭不單純的男人不要考慮。
兄弟很落魄的男人也不要嫁。

（以上是肯定句，不是疑問句，沒有討論的空間。）

朋友說：
帥的不要嫁，你要的別人也要。
醜的不要嫁，整天看著心情不好。
窮的不要嫁，貧賤夫妻百事哀。
有錢的不要嫁，男人錢多，多做怪。
宅男不要嫁，電腦裡的美女圖比你還漂亮。
活潑的不要嫁，整天往外跑不見人影。
瘦的不要嫁，瘦不拉嘰的沒老闆樣，看起來沒有「大材」。
胖的不要嫁，老了心血管疾病你要照顧，累死你。
身材好的不要嫁，有空都在練身體，看的比用的爽。
身材不好的不要嫁，連身體都不練，懶得要死！
學歷低的不要嫁，Chanel會讀成Channel。
學歷高的不要嫁，一天到晚嫌你不懂！
公司同事不要嫁，整天相處，管東管西。
同事哥哥不要嫁，吵架成了公眾事。

當老闆的不要嫁，老的太老，年輕的太忙！
科技新貴不要嫁，上次跳樓新聞你沒看嗎！
醫生不要嫁，太忙又會勾搭護士。
老師不要嫁，呆板又無趣，怨氣家裡發。
業務員不要嫁，整天跑客戶，收入又不穩定。
公務員不要嫁，呆板的要死，退休還會搬到山上。
律師不要嫁，龍蛇雜處，黑白兩棲。
農夫不要嫁！廢話。

四十歲後，女人才會變成「要」的動物！

後記。

感謝：

鐵人二十八號：在你請我喝了那麼多酒後，這本書終於寫完了。認識你，眞的讓我的人生變彩色了！

電子業通靈副總：你眞的是男人中的林志玲！不過不要老是用前世今生通靈那招，我們愈來愈難忍住不笑場！

台北Michael哥：不要說唱歌喝酒搞high場不算是一種專長，那眞的是你的專長。身爲你的兄弟，還是要提醒你「小心肝，小心女人」！

輪子上的大象：車友如兄弟，一切盡在不言中。

孤單米老鼠：在你精心挑剔後這本書終於寫完！感謝你從大學到現在第一次給我正面的評語！

最後，感謝這世界所有女人對男人的體諒，讓這個世界更和平。

我們的冒險，待續中……

冒險，待續中……。

國家圖書館出版品預行編目資料

男人四十/ 兩把刀著. -- 初版. -- 臺中市：晨星,
2011.09
面； 公分. --（勁草叢書；331）

ISBN 978-986-177-500-5（平裝）

855　　100008192

勁草叢書 331

男人四十

作者	兩把刀
編輯	劉冠宏、邱惠儀
封面設計	陳其煇
美術設計	謝靜宜、許芷婷
排版	黃寶慧、曾麗香
負責人	陳銘民
發行所	晨星出版有限公司 台中市407工業區30路1號 TEL：(04)2359-5820　FAX：(04)2355-0581 E-mail: morning@morningstar.com.tw http://www.morningstar.com.tw 行政院新聞局局版台業字第2500號
法律顧問	甘龍強律師
承製	知己圖書股份有限公司　TEL：(04)23581803
初版	西元2011年09月01日
總經銷	知己圖書股份有限公司 郵政劃撥：15060393 （台北公司）台北市106羅斯福路二段95號4F之3 TEL：(02)23672044　FAX：(02)23635741 （台中公司）台中市407工業區30路1號 TEL：(04)23595819　FAX：(04)23597123

定價 250 元
ISBN 978-986-177-500-5

Published by Morning Star Publishing Inc.
Printed in Taiwan

◆讀　者　回　函　卡◆

以下資料或許太過繁瑣，但卻是我們瞭解你的唯一途徑
誠摯期待能與你在下一本書中相逢，讓我們一起從閱讀中尋找樂趣吧！

姓名：＿＿＿＿＿＿＿＿　性別：□ 男　□ 女　生日：　／　／

教育程度：＿＿＿＿＿＿

職業：□ 學生　□ 教師　□ 內勤職員　□ 家庭主婦
□ SOHO族　□ 企業主管　□ 服務業　□ 製造業
□ 醫藥護理　□ 軍警　□ 資訊業　□ 銷售業務
□ 其他 ＿＿＿＿＿＿＿＿＿＿

E-mail：＿＿＿＿＿＿＿＿＿＿＿＿　聯絡電話：＿＿＿＿＿＿

聯絡地址：□□□＿＿＿＿＿＿＿＿＿＿＿＿＿＿＿＿＿

購買書名：**男人四十**

・本書中最吸引你的是哪一篇文章或哪一段話呢？＿＿＿＿＿＿＿＿

・誘使你購買此書的原因？

□ 書店尋找新知時　□ 看 ＿＿＿＿ 報時瞄到　□ 受海報或文案吸引
□ 翻閱 ＿＿＿＿ 雜誌時　□ 親朋好友拍胸脯保證　□ ＿＿＿＿ 電台DJ熱情推薦
□ 其他編輯萬萬想不到的過程：＿＿＿＿＿＿＿＿＿＿

・對於本書的評分？（請填代號：1.很滿意　2.OK啦！　3.尚可　4.需改進）

版面設計 ＿＿＿＿　版面編排 ＿＿＿＿　內容 ＿＿＿＿　文／譯筆 ＿＿＿＿

・美好的事物、聲音或影像都很吸引人，但究竟是怎樣的書最能吸引你呢？

□ 價格殺紅眼的書　□ 內容符合需求　□ 贈品大碗又滿意　□ 我誓死效忠此作者
□ 晨星出版，必屬佳作！　□ 千里相逢，即是有緣　□ 其他原因，請務必告訴我們！

＿＿＿＿＿＿＿＿＿＿＿＿＿＿＿＿＿＿＿＿＿＿

・你與眾不同的閱讀品味，也請務必與我們分享：

□ 哲學　□ 心理學　□ 宗教　□ 自然生態　□ 流行趨勢　□ 醫療保健
□ 財經企管　□ 史地　□ 傳記　□ 文學　□ 散文　□ 原住民
□ 小說　□ 親子叢書　□ 休閒旅遊　□ 其他 ＿＿＿＿＿＿＿＿

以上問題想必耗去你不少心力，為免這份心血白費
請務必將此回函郵寄回本社，或傳真至（04）2359-7123，感謝！
若行有餘力，也請不吝賜教，好讓我們可以出版更多更好的書！

・其他意見：

晨星出版有限公司 編輯群，感謝你！

請填妥後對折裝訂，直接投郵即可，免貼郵票。

廣告回函
台灣中區郵政管理局
登記證第267號
免貼郵票

407

台中市工業區30路1號

晨星出版有限公司

請沿虛線摺下裝訂，謝謝！

更方便的購書方式：

(1)網　　站　http://www.morningstar.com.tw

(2)郵政劃撥　戶名：知己圖書股份有限公司　帳號：15060393
請於通信欄中註明欲購買之書名及數量。

(3)電話訂購　如為大量團購可直接撥客服專線洽詢。

如需詳細書目可上網查詢或來電索取。
客服專線：(04)23595819#230　傳真：(04)23597123
客服電子信箱：service@morningstar.com.tw